水田宗子

白石かずこの世界

——性・旅・いのち

書肆山田

目次——白石かずこの世界——性・旅・いのち

白石かずこの世界──性・旅・いのち

序章　表現と性差

白石かずこは世界中に読者を持ち、若い世代にも広く読まれている詩人である。そして、何よりも世界中のファンに深く愛され、尊敬されている。彼女の作品はイメージ、人物、動物、場所と時間が自由に交わり合う、長い語りの詩で、ほとんどが旅の途中、その路上での話をきっかけにした詩の世界の展開である。世界の読者が白石の詩を読むときには、大体は英語訳を通してであるが、彼らが詩人に触れるのは、白石の日本語による朗読会で、直接に詩人の姿、声、そして身体全体の作り出すリズムと場の風景を通してである。

そこには詩人の全身から湧き出る深い「愛」「哀惜」「憤り」と「悲しみ」のリズムが、一過性の現在性に満ちた声と身体のリズムにのって溢れ出てきて、深いリリシズムに満ちた幻の風景を作り上げている。それが詩人の心の風景でもあり、詩人と切り離せない白石という女性の内面風景なのだ。

白石は詩だけではなくエッセイを多く書いているが、政治的発言も社会批評も、説教も、生き方の思想の表明もしない。しかし、作品は一貫して、生きることの哲学に貫かれ、権力と暴力への、環境破壊者への批判と、権力者から虐待をされ、歴史の記録に残されない、小さき者、動物、はぐれもの、亡命者、敗北者たちの魂へ呼応し、その無念な死を共有し、そして、その魂を持って現実に生きる人々の中に交わりにいくという、詩と人生が、一貫した哲学で貫かれている。初期の作品からそれは微動たりともしないのだ。

読者は白石の作り出す声と音楽、リズムの抒情性に現実を忘れていのちの原型を見つめ、自らのいのちを再生した思いで、現実の生の日常を、その実存の無常を、たじろぐことなく、明るく生きていくことへ帰っていく。白石が愛される理由は、白石が、その派手ないでたちにもかかわらず、まるで尼僧のような、自ら死んでいくクレオパトラのような、死者の魂を蘇らせる巫女のような、深い答えを知っているスフィンクスのような、人間の苦しみとそれを超えた世界を透視する目を持つミューズであり、社会体制からの亡命者、歴史と文化の異邦人としての「はぐれもの」の心を自らの身体を通して、生きることを顕示し続ける、ミューズだからだろう。

このような詩人は、日本、そして世界の現代詩の長い伝統の中では存在しなかった。近代詩が、声で複数の読者の前で読まれる詩から、書かれた言葉を目で読む、しかも一人で読む詩へと移行していった中で、白石の詩の語りによる読者への届け方は、古代の、記録にない詩の起源への遡行を暗示している。

西欧の現代詩は日本に比べて朗読を頻繁に行い、ラジオなどのメディアを用いた声を届ける詩の鑑賞も日本よりは活発である。しかし、それでも、白石のような総合的な身体の動きとリズムによる詩の世界の創造は例を見ないだろう。

その特色は、白石のその場に立つ姿にあるといっていい。女性に課せられたコマーシャルな性規範をなぞる美の基準から「逸脱した」女性の毅然として威厳のある姿と低い声、そして軽妙な身体のリズム、それらは、踊りでも、演劇でも、音楽演奏でもない、「詩」の世界、女性の身体全体が総合的に表現媒体となった新たな詩表現で、それは白石の詩の内容、テーマ、そして、思想に一体化しているのである。それは明らかに異邦人意識を持ち続けた女性の自己存在意識の表出であった。

二十世紀後半の女性表現

白石かずこの出現は、戦後の現代詩に根本的な変革をもたらした。中でも、漠然と女性詩として括られてきた、女性詩人の作品とその詩業の批評を、基本的に考え直し、新たな批評のカテゴリー、そしてパラダイムとして女性の表現を考える土壌と基盤を作ったのである。女性という性別のカテゴリーではなく、性差のカテゴリーであることと、性差と、性差の形成する性差文化と詩人の内面構造と表現との不可欠な、有機的な関連性を考えることなくして、詩を読解することも、鑑賞することも不可能な地平へ、白石かずこの詩は私たちを導いたのである。

白石かずこは現在も創作をしている現役の詩人だが、その詩作の原点では一九五〇年代から六〇年代のアメリカを中心とする詩と音楽の革命的な一体化の衝撃を受けていると思われる。事実、ビート、ヒッピー詩人、ジャズ、路上の旅、東洋思想、中でも禅への傾倒、反戦と反差別運動、植民地からの独立運動の中から生まれた表現に同時代的な深い共感を持ちながら、自らの詩表現を拓いて行ったのである。

白石かずこの詩は、日本の近・現代詩が強い影響を受けた西欧モダニズムの破壊と再生の感性と想像力を受け継ぎながら、戦後のアメリカを中心とする、権力体制から身を離す「はぐれもの」放浪詩人の「路上表現」に大きく傾いて、そこから、放浪する女性の「身体」を、表現の場として発見していったのである。

定着を拒否し、男性との性愛の現在性に向き合い、いのちの快楽を肯定し、歴史の中で消し去られた魂を呼び戻し、生命の根源である女性の身体の内部に連れ戻す、白石の声と語りは、「女性の身体」という、メタフォーに還元されない現実の女性の身体の存在感なしにはあり得ないのだ。そこには意味を暗示するメタフォーとしてでもない、また理論的に構築されたのでも、幻想世界のものでもない「母なるもの」の実態としての女性の身体が朗読を通して示されているのである。それは既成の男性幻想による母性の解体を意味していた。白石かずこの詩業によって、女性詩が明白な創作と批評のカテゴリーとして存在するようになっていくのは、吉原幸子、富岡多恵子、伊藤比呂美、永方佑樹と、同世代、そして後に続く次世代の女性詩人が、白石の「女性の身体性」が、表現の場として不可欠なものであると、受け止めてきたからである。

白石かずこのいのちの表現の長い旅を追うことを通して、戦後女性詩の軌跡を考えるはじめとしたいと思う。

一九五〇年代には戦後女性詩を代表する詩人たちが創作活動を始めている。茨木のり子、石垣りんはその代表的な詩人であるだろう。少し世代が下がって、吉原幸子、白石かずこ、富岡多恵子は、戦争、敗戦、そして占領時代を経験した詩人の最後の世代で、戦後の復興期に民主主義教育を受けて育ち、復興期の不安定な一九五〇年代の半ばから詩作を始めた詩人たちである。一九六〇年以降にこれらの詩人たちの創作活動は目覚ましく、戦後現代詩の中心的な存在となっていったのである。これらの女性詩人の詩は、たんに戦後という、作品が書かれた年代によってカテゴライズされるのではないが、「戦後」という歴史的な経験によって生み出されたものであり、その「惨事のあと」の実存感覚が詩表現自体の変容をもたらしたことで、一つの表現のカテゴリーを形成するのである。その変革は、詩人たちが自身の実存へ向かい合うことを通して見えてくる女性の性の深層、その掘り下げ、探求によってもたらされている。

現代女性詩を考えるにあたって、まず直面するのは、女性詩という創作と批評のカテゴリーはあるのか、という問いである。この問いは女性詩は表現のジャンルであるのか、あるいは批評家が作品を分析するときの批評の視点としてのカテゴリーなのか、という問いである。この問いへの対応は、二十世紀フェミニズム批評の中心的課題であったし、フェミニズム批評の存在理由の根幹をなすものだった。性差と表現の関係、性差とテキスト生成の（内的、外的）関係への問いである。と同時に、それは批評の課題でもあったのである。

女性詩、女性文学、女流文学というように、「女」という形容詞はこれまで、ごく当たり前に、女性作家の作品を論じるときに使われてきたので、作家の性差がそのまま作品の内容や表現の特色であると考えられてきたことになる。それが男性作家の場合とは異なっている。男性作家、男性文学、男流文学と、男性作家の作品を論じるときに使われることはないからである。それは批評の側の問題であって、女性作家の多くは、自分の作品や文学を常に女性という形容詞付きで語られること、そして男性作家ではないという性差の視点から、特別な評価の対象になることへ不満を抱いてきたことも事実である。性差のアイデンティティと作家の性別によるカテゴリーが女性作家とその作品だけに特別に付けられ、男性作家とその作品の評価とは異なった基準を用いられることへの反論は多くの女性作家が共有していたものだった。

従来から女性詩、あるいは女性表現は、それ自体一つの独自なカテゴリーとして文学史、表現史上扱われてきた。女性文学とは何か、女性表現はどのように男性の表現と異なるのか、という批評の視点は不在で、ただ、作家の性別による分類であった。男性作家が書くことは当たり前で、女性作家が書くことは珍しく、特別な評価の基準が必要であるということなのだ。女性文学のカテゴリー化、作家の性別による分類は、女性の作品、女性表現だけを領域化（ゲットー化）することであり、作家と批評家の意識のギャップを物語っている。

そのような批評の根底をなすのは、作品と性差の関係に関する批評や議論の不在であり、それが二十世紀後半のフェミニズム批評において改めて課題化されてきたのである。女性作家の反論は、自分は女性として書いているのではなく人間として書いている、そして、作品は性差を超えて読まれ、評価されるべきだという主張である。

しかし、読者はどうだったろうか。男性作家が文学表現を独り占めにし、批評家や文壇も男性で形成されてきた歴史的な状況の中で、女性読者は女性作家の作品を読みたい、男性作家の書くものとは違う作品を読みたいと思う人が多かったことも事実だろう。女性は世界的にも近代になるまでは表現の機会も場も少なく、女性のための特別な場（雑誌など）が作られて初めて表現を公の場に出すことができるようになったという歴史的な背景がある。女性読者が女性の経験と女性の内面を表現する作品を読み、そこから学び、考えたいと思うのは当然であり、それは読者自身にとっての文学参加の第一歩であったのである。女性は作家である前に読者として文学に接したのである。

特に女性の教育が普及し、文学、芸術そして文化に対する興味が高まっていく二十世紀に、女性読者が女性の経験を基礎にした小説を渇望していたということは、女性読者向けの雑誌が出版され始めて興隆を見るようになっていったことからも、明らかであるだろう。そこには、男性作家の表現が女性の内面を無視するか一方的に歪めて来た「男流文学」に対する批判もあった。

一九六〇年代半ばから文学作品の読解にジェンダーの視点が不可欠であることを主張するフェミニズム批評が興隆して以降は、女性作家のジェンダー意識にも大きな変化が見られるようになり、自分の作品を女性表現と言われることに反論や違和感を持たない女性作家が多くなっていった。それどころか、女性として書くというジェンダーの差異を肯定的に認めて、自分の作品は男性作家の作品とは違うと主張する女性作家も多くなっていったのである。

性差が男性と女性に二分され、二律背反的に互いを他者化し、同時に自己を映す鏡としてきた文化は、そしてその言説との葛藤は、二十世紀後半の女性表現の中心的課題であった。その課題は、女性詩人が女性とは何かという問いに向き合うことなしにはあり得ず、二十世紀後半のフェミニズム思想・批評は、その難題に集中した。

女性差別が男性という性差によるものだけではなく、経済的、階級的差別、人種的・民族的な差別、宗教的差別、ゲイに対する差別、結婚しない、子供を持たない女性への差別を含む近代先進国家の基盤とした差別の構造の所産であることの認識、さらに、その差別の構造を内面化してきた女性自身の課題であることも認識されていく。したがって、女性差別からの解放が、夫や、恋人という身近な男性、愛と家族、生殖の同志的存在からの解放だけでは十分でなくなっていく差別解消と解放の構造が、重要な課題となっていったのである。

女性の身体の意識も、従来の子を産む器官（機械）、そして、自我を捨てて子や夫を慈しむ母性の体現としての身体、という言説への反逆と脱構築、解放の試みが、同時に女性自身の内面構造の脱構築と幻想からの解放となって、政治・経済・文化を交叉して形成されてきた身体とその意識への、理論的、実践的な行為の一環として、女性表現が捉えられるようになっていく。

女性表現とジャンル

現代女性詩も女性文学も表現ジャンルではない。それを前提にしたうえで、性差とジャンル、そして表現テキストの生成について考えたい。

女性表現が物語というジャンルとなって定着した例を『源氏物語』に見ることができるだろう。

ジャンルの形成にはそれを可能にするテキスト群が書かれていることがその出発点にあることは言うまでもない。日本古典文学における「物語」という独自な文学表現ジャンルができるのは『源氏物語』という作品があったからだ。文学ジャンルとしての「物語」は、神話や民話や言い伝え、宗教説話、など多くの作者が定かでない物語に起源を持ち、それらと深い関係を持ちながらも、作者が自身の体験や考えを「個人」の表現として、作者の名前を冠する独自な作品として書かれたときに端を発している。つまり作者の人と顔が見える「表現」としての作品の誕生を意味していたのである。

作者の内面を通して「作品」を生み出すのが表現であり、そのようにして書かれた作品としての「物語」がさらに次の物語を生み出していくことを通して、「物語」ジャンルが定着するのである。その過程には、カノンとなる作品の存在が中心にある。カノンとはジャンルが形成されていく過程で、その基盤となる枠組みの規範を示す作品のことであるが、もちろん一作品ではなく、その基となる作品に続いて規範の形成、進展、拡張に貢献する作品が創造されていってジャンルが定着していく。ジャンルが定着して、いわゆる表現ジャンルとしての「市民権」を得る時点では、その規範的作品は普遍的な作品となっている。「物語」というジャンルの形成に女性作家の「女性表現」が大きな役割を果たしたことは明白な事実であるが、と言って、物語は平安時代の女性文学特有の表現形式ではあっても、男性作家によっても書かれているし、そのジャンルとしての特色は女性という性別を超えている。また、女性表現が物語に限定されるわけでもない。『源氏物語』は、女性の使う日常語、ひらがなで書かれた物語である。女性とヴァナキュラーな言語（漢字に対するひらがな、書き言葉に対する話し言葉）が物語ジャンル形成のまず基本的な要素であったことがわかる。それらは、男性の公的言語による表現の対極にある、女性表現の特徴を形成したことが明らかである。

このことは女性が公的な場から排除されていた社会・文化的位置付けと同時に、文化の中心であった中国の言語と僻地国家としての日本の言語の格差という歴史、文化的な状況の中での表現の形成を特徴づけている。政治、宗教を含む公的な記録が男性によって外国語である中国語で書かれたことに対する、女性が使えるひらがなで書かれた日常的な私的な出来事の話という性差の序列と差別、中央と地方という文化的優劣の順列という、性差と表現の差別の構造が明白で、その構造の中での被差別者の表現が日本の物語ジャンルの生成に大きく関わっていたことを示している。

個人の内面表現である文学が外国語では十分に言語化しにくいことは自明で、やがて男性作家は日本語で書くようになっていく。ジャンルに関しても同じで、女性がなすものと考えられてきた日記を、男性も書くようになるし、古今和歌集の序文もひらがなで書かれたのである。詩歌という内面表現を論じるのに、漢字はなんとも不十分な表現手段で、使いにくかったのだろう

『源氏物語』は基本的に宮中における恋の話を内容とする。宮中に仕える女房の経験し、見聞きする範囲に限られた、恋を中心とした話の集まりで成り立つ「物語」で、「物語」であることの所以を、神話や、その時代の天皇の御代以前の話などに言及することや、それぞれの話の底流を流れる思想、人生観が物語に全体的な言説としての統一を与えている点などを挙げることができるだろう。

一つ一つの話が、実際に起きた現実の話ではないが、しかし全くの絵空事の幻想話ではなく、作者の声も反映されている作品であることが、『源氏物語』を作品としているし、また、

物語という書き方を他の作家がそれに倣って書くことのできるジャンルとしている。宮中、そして女性の寝屋という限られた場での出来事であることが、『源氏物語』を女性表現の場とする条件でもあった。ここでは宮中は女性・女房にとっては唯一の公の場であり、自分部屋という寝室は、プライベートな場所のはずでありながら、決してプライベートではなく、むしろ公の領域の一部であることも、肝心な点である。性というプライベートで、隠れた行為が、同時に公でもあることは女性の性と身体が、いかに権力を有する他者によって所有されていたかを物語っている。

女性が本当にプライベートな時間を持つことは机に向かって執筆するときだけであったのだ。その結果の物語は、宮中とその関係者の多くの人々に読まれていくが、執筆という行為は、女性表現者のものであり、だからこそ、文学表現が生まれたのである。

女房という家庭教師のような職業についていなければ書けない話、漢字も漢文も読めて、教養がある女性、漢文という外国語ではなく、日常語でもあり、女性が使っても良いひらがなで書かれたこと、内容が国家、政治を論じるのではなく、身近な、私的な出来事である恋の話に集中していること、悲しさや虚しさという感情や抒情表現であること、そして、無常観という人生を見る言説が、全体を貫いていることが、この話をこれまでとは違った表現の形としているのである。通われる女性や通い来る男性の恋の仕方、待つ一方の女性——妻の悲しみや、政治的な思惑が優先する勝手な夫たち、恋の顛末、とこの世の無常観、宮中の様々な儀式や習慣、恋人同士の和歌のやりとりと、その評価、貴族の男たちと妃や女房の「品定め」、庭のつくろいや衣装、花や草木に託された雅の美意識、など、鋭い観察と豊かな描写、深い人生への無常と絶望感に彩られた、現実に生きる読者が、自分と重ね合わすことのできる、現実と現実を超えた世界を結びつける「物語」の世界が展開されているのである。その根底には女性の観察眼、凝視し、批評する目が存在している。

ジャンルとして定着した女性表現は、この他にも日記がある。紀貫之は『土佐日記』を書くにあたって、女が書く日記を男の自分も書いて試みるという断りを書いている。ひらがなを使って表現すること、自分の身辺の話を書くことと、そして、感情や抒情を表現をすることが、いかに当時の男性の書くものとは異質であったのか、そして、女性特有の書き方であったかを明らかにしているのである。

英文学の例をあげれば、小説の始まりはチョーサーの『カンタベリー物語』にあると言われている。カンタベリー教会への巡礼参りのために同じ宿屋に泊まり合わせた庶民たちが、旅の退屈まぎれに一人一人が自分の経験話をするという構成の作品である。庶民の日常生活での体験話だから、かなり馬鹿げて、下品な、面白い話が、平易な日常語で語られ、それまでの歴史ロマンスとは違う表現となるのは当然であるだろう。それまでの書物はラテン語で書かれているので、英語というローカルな言語で書かれたことが重要な転換期となったのである。

『カンタベリー物語』はラテン語を知らない、「教養」のない庶民による「語り」で成り立つ物語で、そこには庶民の日常的な経験と同時に、ヴァナキュラーな日常語で語られる話、という要素が新しい書き方と内容を持つジャンルとしての小説の誕生に重要な役割を担っているのである。それが小説の起源だと言われるのであるが、語り手の中には女性もいたことは言うまでもない。女性が教育から締め出されていた時代に、宿屋での経験話という設定は、女性の語り、自分の話の語りを必然的なものとしたのだ。小説の起源には、書かれた文字による文学の可能性、読む話ではなく、語られて、聞く話という新たな文学表現の可能性が、女性も語る、ということに見えているのである。イギリスの小説の興隆が、教育を受け、家事や子育てに余裕ができ、暇な時間を持つ中産階級の女性たちを主な読者として発展して行ったことがわかる。

イギリス近代小説と日本の物語のジャンルの形成には、このように基本的な共通点が見られる。『源氏物語』は、女性の使うひらがなで書かれた物語である。女性とヴァナキュラーな言語が物語ジャンル形成のまず基本的な要素であったことがわかる。それらは、「教養」のある男性の公的言語による表現の対極にある、女性表現の特徴を形成したことが明らかである。

このことは女性がイギリス文学における庶民と同じく公的な場から排除されていた社会・文化的位置付けと同時に、文化の中心であった中国の言語と僻地国家としての日本の言語の格差、という歴史、文化的な状況の中での表現の形成を特徴づけている。政治、宗教を含む公的な記録が男性によって外国語である中国語（イギリスではラテン語）で書かれたことに対する、女性が使えるひらがなで書かれた日常的な私的な出来事の話、という性差の序列と差別、中央と地方という文化的優劣の順列という、性差と表現の差別の構造が明白で、その構造の中での被差別者の表現が日本の物語ジャンルの生成に大きく関わっていたことを示している。

女性表現としての現代詩

女性現代（戦後）詩は、詩、現代（戦後）、女性という三つのキーワードを持つ分野である。なぜ小説ではなく詩なのか。明治以降の近代詩人のほとんどは男性で、女性詩人は少なかった。近代詩は、現代詩、なかでも戦後女性詩へと何を継承し、どのような断絶があったのであろうか。自己表現に目覚めていく近代の女性たちは、和歌と小説にまず発露を求めて、現代詩に向かうのは、モダニズム以後になってからだ。現代詩が回避された傾向があるのはなぜだろうか。戦後はそれが大きく変わっていったのである。

戦後の女性の自己表現が小説や短歌よりも、詩において先端的な創作を展開したことが重要である。男性対女性という性差の構造から戦前、戦中に成長した作家自身はなかなか抜け出せていなかった。河野多恵子、大庭みな子、富岡多恵子は詩人出身であるし、河野多恵子、高橋たか子は、差別の構造の中に、女性表現を位置づける点で、詩人と感性を共有している同時代作家である。

二十世紀後半から主流となっていったフェミニズム文学批評が、性差を分析の視点としていくこととの関係も指摘したい。女性表現にとって、詩表現が前衛的領域となったのである。詩人自身の意識がジェンダーの差異に向けられ、それを超えていく表現を詩に見出していく過程を、英米文学の批評家のフェミニズム分析と批評が論議していくからである。二十世紀後半には、歴史、哲学、現代思想、政治思想の分野においても、ジェンダーと人種差別を中核とする差別の構造の分析と解明が著しく発展していった。

女性文学（女性詩）がジャンルではなく、作家の性別で作品を分類することが不適正であるとすれば、何が女性表現（女性詩）を成り立たせるのだろうか。

現代女性詩がカテゴリーとして、あるいはもっと踏み込んで、ジャンルとして、区別されて考察されるべきものであるか否かは、詩人の意識と作品の関係の分析に視点を置かなければならない課題、つまり批評の課題なのである。

女性表現を成り立たせる規範的作品が書かれてきた背景には社会的、歴史的な変容がある。戦争や革命、植民地からの独立など大きな歴史的、社会的変容の過程での惨事、略奪と殺戮、性の陵辱と尊厳の剝奪は、それを経験した人たちの意識や思想の変化に直接的な、そして不可欠な影響をもたらし、文化構造を内部から変える要因となる。したがって、女性の社会的位置付けが、戦後の日本のように基本的に変わったことは、人間というカテゴリーに総括されながら、男性以下の存在として憲法で区別されてきた女性という概念の変化、そして二項対立的性差概念自体の変化が、たとえ作家が意図しなくても、創作に反映されるのは必然であるし、批評が課題として浮上させてくるのは当然である。性差が既存の社会制度、文化構造の基盤となっていたことが認識され、表現、及びテキスト生成の重要な要件として、性差思想の歴史的変容をカノン形成の要であると考える批評は妥当であるということがわかる。

しかし、詩人の意識とはそれほど単純なものではない。

二十世紀後半の性差概念の変容

さらに指摘したいのは、このような歴史と女性意識の変容が、まず性差別的な社会制度の批判と改革への活動を促したことである。女性の人権獲得、男女平等制度の確立、そして家族、結婚を含む慣習の変革など、制度、慣習、男女関係の改革に向けられてきたのである。その活動の成果は現在に至っても終わりを見ることができず、反対に、人種差別も含めて、さらに深刻化している。

一九六〇年代の新たなフェミニズム批評が性差の視点を基点としたのは女性の基本的人権、参政権などの市民権、男女平等運動が、歴史的成果を生み始め、社会制度的な変容への主張が広く認められていったにも拘わらず、その変化が人間関係や家族、家庭における関係、共同体での習慣、個人の意識や行動に変化をもたらさず、相変わらず女性は社会文化的に既存の性差規範から自由になることができず、生き方の自由を持たないと感じていることを、世界的な規模で、認識するようになったからだ。

その背景にはまた、性差が、人種、民族間の差別、二元的性差の外に隠蔽されてきた性差と支配関係に深く関係していることが、世界的な植民地独立活動の中で明らかになっていった経緯がある。性差は社会制度の基盤となってきたが、それだけではなく文化構造と個人の意識構造の起点でもありトラウマとなって長く歴史の中で機能してきたのだ。女性の中にも人種差別の意識や感情を根深く持っている者があり、階級意識の強い者もいる。これは男女同じ現象であり、批評の課題ともなっていく。フェミニズム批評が女性の作品を選別的に扱うことも、また、男性作家の作品も同様な視点で対象とするのはそのためである。性差別が単に男女の対立ではなく、差別意識を形成する構造の根幹を担っていることこそが二十世紀後半のフェミニズム思想が現代思想の不可欠な核を形成してきた原因である。

すでに現在までに性差は男女二項対立関係で存在するのではないことが、社会的にも、そして多くの哲学、心理学、歴史学、文化人類学、文学、芸術の分野での批評で明らかになってきている。二十世紀の思想、表現、そして文化構造も多様な性差の視点なしには分析も理解も不可能になったのである。社会・文化的変容が、表現に反映されるようになる過程が、その逆のベクトルである作家、批評家、個人による表現活動が文化形成の重要な役割を果たしてきたからである。個人の内面とジェンダー、表現とジェンダーの関係の分析は、二十世紀性差批評の最後の未踏の領域だったのである。しかし、詩人の意識は、表現されるのではなく、詩的言語の中に表出されるのだ。

性差がいかに文化構造（その深層構造を含めた）を形成し、再生産し、人間の意識と行動、関係を規制するか、という課題は、必然的に批評の分析の対象を表現されたもの、表象され、表出されたものに絞ってゆく。そして、フェミニズム批評はそれまで規範的作品と考えられてきた作品以外のテキストに、そしてマイナーと言われてきた作家たちの表現に注目するようになった。

メイジャー、マイナーという言葉には批評の評価が込められている。そこには時代の精神、ジャンルと分野の代表的な作品、つまり規範的作品という概念が存在し、ユニークな作品、あるいは優れた作品ではあるが、主流からはずれている、という評価の視点が存在する。女性作家の作品もこれまで常に女性文学として分類されて、メイジャーでもなく、ジャンルの規範的作品としても扱われてこなかった。むしろマイナー、あるいはマイノリティの文学表現として注目されてきたのである。

このように現代女性表現、とりわけ戦後女性詩についての考察は、現代（戦後）、女性表現、詩というジャンルと分類、及びその存在定義から始めなければならないのである。そこでは規範的作品という批評の評価の基準が、批評家に求められている。

本書で解読する白石かずこの作品の世界は、戦後女性詩を形成する基本的な女性表現の構造と思想を持つ表現空間を形成している。それは詩人の創作意図を当然のことながら超えている。そして、のちの世代に大きな、そして不可欠な、出発点としての拠点となってきたのである。二十世紀の女性表現の一つの頂点、集大成としての白石かずこの表現世界を辿っていきたいと思う。

第1章　都市風景の変容と戦後女性詩の普遍的テキスト形成

白石かずこの「My Tokyo」

都市風景の変容と新しい二十世紀文学

日本の現代詩は敗戦という近代日本最大の社会的、文化的断絶による衝撃に向き合うところから生まれたと言っても過言ではないだろう。戦後社会は戦争で多くの国民を失っただけではなく、戦線からの復員者、植民地からの引き揚げ者、植民地支配から独立した祖国へ帰る者、若者たちの死、原爆被害者、負傷して帰還した者たち、戦場や国内空爆による家族の死と孤児の急増、年齢構成と男女構成も含めた国民人口構成上の変化を経験することになった。戦争未亡人や適齢期の男性数の減少で結婚できない女性の増加、働き手や家族を養う男、夫、父親の不在なども家族や性差関係の変容をもたらす要因であった。

この急激な変化は日本人に精神的、心理的な衝撃を与え、日本の文化構成を変化させる原因となったことは明白であり、中でも急激な外地経験者の帰還は、戦争犯罪者のパージやレッドパージの進む敗戦直後の占領下の日本社会で、その再興や新体制形成の担い手の変化において、根幹となる社会文化的変容を促したと考える。その変容、敗戦による荒廃と戦後日本社会文化の新体制構築へ向けての変容は、具体的に都市風景の変容として現れたのである。荒廃した日本に戦後まず出現したのが、新たな東京の都市風景である。焼け野原となった東京の都市風景の変貌こそが戦後日本の変容の表象であった。

占領軍統治の拠点となる基地の出現、皇居の堀を挟んでその前に出現した占領軍司令部（GHQ）、進駐軍のための外国製品や食料を売る店の出現、連合軍という外国人、人種も多様なグループが国内に居住することになり、その生活や娯楽を支える街ができた。基地周辺の歓楽街の誕生は戦後日本に新たな文化を導入した。ジャズやダンスクラブなどはその代表的なものだろう。連合軍の将校たちが居住するのは基地周辺の地域だけではなかった。都内の目ぼしい家は進駐軍の将校の住まいとして没収され、一般の日本人の隣近所に外国人兵士が住み、銀座などの昔ながらの繁華街にPXという外国製品を売る店ができ、連合軍兵が街を闊歩する姿が戦前の東京繁華街の風景を変えた。それは日本社会、文化にとっての大きな変化であった。

もう一つの大きな都会風景の変貌は闇市の出現である。そこには復員や外地から引き揚げてきて、日本に生活の拠点がない者たち、定収入がなく、生きるため、食べるための手段を仮の路上市場に懸けるものたちが作り上げる非合法な経済活動の場としての路上商店街の風景が展開された。

孤児、未亡人、売春婦といった従来は社会の表通りには姿をあらわにしない者たち、家族や養い手としての男性を持たない女性たちや孤児たちが生きるための経済活動の場として闇市の周辺に現れ、社会構造としての都会風景を変貌させたのである。

基地という軍事特別区とともに占領軍という政治行政に携わる異邦人の導入した住宅街や都会の表通り風景の変貌と闇市による裏通りの変貌は正反対の風景を形成しているようでありながら、闇市に生きる人々もまた、従来日本社会のアンダーグラウンドにいた人々や異邦人である点において、つまり、日本社会の中心（主流）外を経験したことによる日本文化に対する違和感を持つ人々であるという異邦人性において、共通する視点を持つ人々であった。基地も闇市も従来の正当な法律を逃れて地下に潜るか、公然の秘密として市民の目から隠されてきた領域、特殊テリトリー化されて、従来はオフリミットの特別区が都市の表面に可視化されて浮上してきたのである。

文明の変化が都市風景の変貌に現れるのは、世界の都市の変貌を見ても明らかである。生産、流通の変化、交通通信テクノロジーの進展などによる文明的変化が突然の断絶として日常の風景を変貌させることは産業革命以来の近代の大きな特徴であった。二十世紀、その断絶をもたらしたのが戦争であり、内戦であり、革命であった。

ヨーロッパでは産業革命によるロンドンの変容、第一次世界大戦後のパリ、ロンドン、ベルリンの変容、そしてロシア革命によるモスクワとレニングラードの変容、アメリカでは外国からの移民と亡命者、国内外からの労働者の都市流入と集中が、シカゴ、ニューヨーク、ロサンジェルスといった大都市を生み出した。都市人口、中でも移民と労働者の増大、家や土地を持たないルンペンプロレタリアートや放浪者、亡命者をはじめとする国籍を持たない異邦人、マフィアや非合法政治組織と地下組織とその手先のチンピラたち、アルコールや麻薬中毒者や物乞いをするホームレスたち、と都市はそれまでの定住市民たちの生活を中心とした、名前のついた町通りに、番号で記される家や建物によって成り立っていた風景から、渾然として、無秩序の、異種混合の闇とアンダーグラウンド領域を有する場としての形相を呈するように変貌していった。

都市の変容と都市風景の変貌は、アメリカでは人口構成の変貌と同時に第一次世界大戦後の経済景気とテクノロジーの進展によって、摩天楼と呼ばれる高層ビルが立ち並ぶ、世界をリードする現代都市の風景として出現した。ドライサーやドス・パソスなどの描くシカゴやニューヨークの都会風景はアメリカの近代社会の象徴的風景であり、その変貌こそが新しい近代小説の主人公たちの行動絵図と物語を生み出していったのである。

テクノロジーの進展による都市の変貌は、従来の十九世紀的リアリズム小説だけではなく、未来都市を描く有名な映画『メトロポリス』をはじめとするSF小説や映画の舞台となって描かれてきた。労働者や雑多な社会階級の人々、移民や外国人が変貌させた産業革命以後の都市風景から、ニューヨークの摩天楼が新たな都市イメージとして定着した近代都市のイメージは、現在上海やシンガポール、マレーシアなどに普通に見られる近代都市像として当たり前になった。ニューヨークは二十世紀都市の規範的都市となったのである。

二十一世紀、都市は消滅しつつあると言われている。第三次、そして第四次産業革命と言われる通信、メディア、AIなどの先端的テクノロジー革命は、都市という身体的な場を生活と仕事の拠点として必要としなくなっていると言われ、インターネットさえあれば、生活・仕事拠点としての共同体は物質的に必要不可欠ではなくサイバー・コミュニティに取って代わられる。都市はすでに人間存在の新たな、先端的探求の場ではなくなっており、地球の秘境の消滅だけではなく内面探求にとっての未知なる領域としてもすでに消滅しているのだと。人々は内的探求の旅を古代の旅のように路上に求めるようになっている。それは戦後のアメリカ現代詩の表現テキストの空間が、都市から路上へ移ったということにいち早く反映されている。その先には野生の自然の領域があるのみだろう。それは新たな文明的変容を予感させている。

『The Waste Land』『ユリシーズ』『ダロウェイ夫人』

都市の変貌に表われる文明の変容は、どのような西欧現代詩（第一次世界大戦以後の詩）を、表現空間としてのテキストを作り出したのだろうか。

T・S・エリオットの『The Waste Land』（一九二二）は第一次大戦後のイギリスとヨーロッパ世界の思想的・文化的中心の喪失を、個人の自己喪失の感覚と虚無感とに重ね合わせて内面風景化をした作品であるが、それはこれまでの詩表現とは異なった手法で、個人の心的風景も含んだ文明と文化の「混沌のパノラマ」（ジェームズ・ジョイス）をテキストに構成した衝撃的な作品である。

この作品の「声」であり、語り手であるペルソナは不特定多数の、名の不詳な個人たちで、その内的告白やモノローグ、相手の定まらぬ対話や会話とつぶやき、そこに介入する話者の特定できない声が語る、それぞれが繋がっていないエピソードで構成されている。その不特定な語り手、名の無いペルソナたちは、皆戦争から帰り、家族や恋人たちとの絆を見失い、深い傷と虚無感を抱えてナイトクラブなどにたむろする若者や中年男たちであり、許嫁や夫を失くし、内地で、又戦地で性的にも搾取された、居場所のない女たちであったりする。『The Waste Land』はそれに加えて多くの引用によって構成される詩的テキストであり、その一行一行がすでにどこかで語られた言葉であり、心であり、詩人たちの感受性であったりする。その引用はイギリス詩、西欧文芸、思想だけではなく、東洋の宗教や文学のテキストにも及んでいる。第一次世界大戦はヨーロッパの旧体制を崩壊させたが、戦勝国であったイギリス（そしてフランス）はロンドン爆撃、膨大な数にのぼる戦死者、戦後の経済不況と、文明的な危機を迎えて人々に深い不安とあてどない虚無感を喚起していたのである。

ほぼ同じ時期に小説の変容に大きく寄与した作品ジェームズ・ジョイスの『ユリシーズ』とヴァージニア・ウルフの『ダロウェイ夫人』が書かれている。ジョイスは『ユリシーズ』を書くにあたって、秩序のない混沌の世界に形を与える為に書くと言っているが、その方法は、一人のユダヤ人アウトサイダーの一日のあてどないダブリン放浪中の独り言であり、それが一人の人間の「意識の流れ」を追う、詩的表現の根底にある方法を用いての内的な風景の描写を通して新たな世界観の構築という、新たな表現へと導いている。個人の内面探求と世界の認識が一つの意識の流れとなって、放浪する身体と内面の風景を作り、その語りによって構築されるテキストであり、それまでの小説の技法も概念も根底から覆す新たな現代小説のテキストを作り出したのである。ダブリンという小さな限定された場所、そして一日という限定された短い時間、ただ一人の語り手の内的独白、その限定された語りの空間が世界を内包しているのである。

ヨーロッパに根強く存在する反ユダヤ主義によるユダヤ人差別はやがてナチスのユダヤ人虐殺に集約されるが、第一次世界大戦による戦勝国も、敗戦国も、文化の深層に溜め込んできた差別意識と個人のそれとが一体化して、現代の異邦人ユダヤ人主人公を形成する背景を作っているのである。戦勝国となった西欧先進国も、敗戦国となったドイツも、ますます植民地支配の下で帝国主義経済大国を目指し、人種差別とアジア・アフリカの植民地化に軍事強化をしていく。

ギリシャの英雄ユリシーズの放浪を物語る世界文学の古典を下敷きにして、つまり、西欧文学と思想の原点とされるギリシャ、そしてラテン語の古典的作品を下敷きにしながら、ダブリンに住む一人のユダヤ人、妻に不貞をされている冴えない男を話者とし、アイルランドで話される英語というヴァナキュラーな日常の言語で語られる作品が世界を表現する新たな普遍的なテキストとなりおおせたところがジョイスの『ユリシーズ』がこれほど強烈な衝撃を文学界に与えた理由であるだろう。『ユリシーズ』以後、小説表現と批評は新たな、元には戻れない領域に足を踏み入れたのである。アンティ・ヒーローとしての差別されるユダヤ人は、ここでは肯定的ヒーローとしてユリシーズの世界を書き直し、逆転的世界絵図、世界観を描き出しているのである。

『ユリシーズ』とほぼ同時期に書かれたヴァージニア・ウルフの『ダロウェイ夫人』もまた、戦場での殺戮と暴力的破壊の経験に神経を侵され、生きるすべも望みも失って、婚約者がいながら、そして精神科医師の治療を受けているにもかかわらず、自殺をしてしまう帰還兵の若者が登場する物語である。彼を救う手立ては、家族にも医学にもない、つまり従来の価値観の世界では存在しないのである。

小説は同時に、直接に戦争の経験に関係しない上流社会の女性の物語を描く。社会的な地位と富を手にしているエリート階級の女性であるダロウェイ夫人は、愛しながら結婚相手とは考えなかった昔の恋人が、イギリスの植民地インドから帰ってくるという知らせを受けたことをきっかけに、自分の人生と家族の絆など、それまで意識下に押し込めていた疑問に向き合い始め、自殺を考えるようになっている。この二人の、年齢も、性別も、社会的階層や経験も異なる主人公の自己喪失、人生の価値と希望の喪失のドラマが、ぴったりと重なり合うところが、小説の表現空間の中心を占めている。ユダヤ人同様、社会・文化的に差別されてきた「女性」が主人公であることが、この表現空間構成の重要な基点なのである。

これらの小説も、また『The Waste Land』同様に、都市文学であるが、そのロンドンやダブリンというごく限られた自分たちの居住地、小さなテリトリーの中で展開する、限られた時間内、一日、の出来事にストーリーを集中させながら、それが個人を超えた世界文明の変貌と、価値崩壊のリアリティを表現する空間としてのテキストとなっている。一編の小説、詩作品が、現代文学の新たな普遍的なテキストを、個人のテリトリー、ローカルな場所、名のない戦争の被害者、しがない人生の失意者、歴史・社会・制度・文化において差別されてきたユダヤ人、女性を話者にしてその内面を独り言ちさせることで世界の荒廃の只中で生き延びなければならない人間と、混迷する西欧世界の苦悩を、引用に継ぐ引用で織りなしたのである。

古典『オデュッセイア（ユリシーズ）』は長年の放浪ののちに故郷に帰還して王となる英雄譚だが、ジョイスのユリシーズは差別されるもの、文明の中心から外れた周辺的存在とされてきたものであり、放浪は共有しても、その放浪の結果も、放浪の意味も異なっている。ジョイスの放浪者は少なくともそれが体制への帰還、権力の奪回でないことは明らかであり、修復不可能な価値観の断絶と秩序の崩壊の現実を個人と文明の現実として捉えているのである。

これら近代西欧文学の新たな普遍的作品として近代文学のカノンとなる作品は、第一次世界大戦というヨーロッパ文明の危機をもたらし、その価値観と体制を変えた歴史的転換期から生まれた。ジョイスの『ユリシーズ』、ウルフの『ダロウェイ夫人』はともに小説ではあるが、従来の小説の方法を大きく逸脱して、主人公の内面の意識の流れを瞬間、瞬間に捉えていて、その手法はエリオットの詩の手法と類似している。詩と小説はここで互いの明確な境界線を破壊しているのである。散文詩、物語詩、ドラマティックモノローグ、実験的ショート・フィクション、アンティ・ストーリーと、詩と小説はそれぞれの方向から接近し、越境していくのだが、このようなクロス・ジャンルは、日本の女性作家たち、中でも林芙美子、円地文子、大庭みな子、富岡多恵子などによってなされている。

第二次大戦後の日本現代詩

日本の現代詩は第二次世界大戦後に始まったと言える。現代詩と戦後詩を同じ出発点から始まると考えることに疑問もあるだろうが、戦後詩は明らかに戦争中の、また、戦前のモダニズム詩とも一線を画す内容（テーマ）とテキストを持って始まったのである。

日本の戦後詩は小野十三郎の「短歌的叙情」の否定と桑原武夫の「俳句第二芸術論」（「世界」、一九四六年一一月号）による、近代詩に残留し続けた日本的な世俗への甘えとしての抒情表現の否定をその特徴的な出発点としている。日本的風景、イメージの連想に頼った「思想不在」の詩表現への反論のマニフェストを出発点として持っている。

他方で西欧モダニズム文芸の影響を大きく受けてきた日本近代詩の基盤の上に、戦争体験をもととして書かれ、世界の秩序崩壊とそこからの救済を志向するT・S・エリオットの『The Waste Land』をもう一方の起点として、明確な戦後詩としての現代詩の表現を意識的に追求することも出発点としている。

短歌的叙情と俳句を否定する日本の戦後現代詩は、和歌が仏教と中国古典からの引用でテキストの横糸を作り、その縦糸に日本のヴァナキュラーな言葉表記である仮名と訓読みという日本人の「声」によって日本化された和歌という詩表現の日本表現固有のテキストの普遍性から抜け出す、つまり自由になることを目指している。そして俳句第二芸術論もまた同様に、和歌の韻律の延長にあるイメージの連想に表現を託す俳句という日本詩歌の普遍性から抜け出すことを通して、詩と思想と批評が一体と成る新たな詩表現領域を模索することを目指しているのだ。普遍的な規範となった表現形式が新たな思想や世界観を孕む表現の生成の妨げになることは、どの場合も同じである。

現代詩が日本的規範表現、和歌と俳句から大きく異なるのは、日本の古典における普遍的表現テキストが依拠した思想の世界が仏教と中国古典であったのに反し、近代詩は、日本が近代化の過程で吸収し、表現基盤を新たに作って来た西欧文芸の世界、中でも伝統とその崩壊の混沌からの脱却を目指す西欧モダニズム文芸へ日本近代詩がレファレンスする視点を展開したことが、大きな特徴であるだろう。しかし、その点においては日本の近代詩、戦前モダニズム詩の目ざしたところと基本的に変わりはない。

現代詩が否定し、かつそこからの脱却を目ざした日本詩の伝統は、仏教思想、中国古典文学、日本古典文学を表現テキストの空間の下敷きとして取り入れた、ひらがな訓読みの定型短詩という表現テキストである。中でも和歌は平安時代から、中国語表現、漢字表記に対するひらがな表現、表記の日本語という俗語による表現テキストを作り、それが日本文学だけではなく、世界にも通用する表現テキストとして成熟していくための十分な作品の蓄積を持ち、思想、感性、文学的想像力をアジア文化圏と共有しながら独自な言語表現を形成し、定着させ、日本詩歌の伝統を作り上げることに成功した表現形態である。

俳句は和歌表現の固定化され、膠着した表現から脱却するための実験的試みであったが、その表現空間は和歌と同じように仏教思想と中国古典文学を下敷きにする空間であることには変わりなく、そこに雅、そして粋、洒脱、ユーモアの美的感性、連句という遊びの場、そして俳画というジャンルの混合などを取り入れて、さらに短い定型詩による現代化を試みた詩歌ジャンルである。俳句は現在に至るまで、表現ジャンルの「世界語」となり、世界の普遍的な表現形態、表現思想、美的思想として定着している。

戦後の日本現代詩の「短歌的抒情」（小野十三郎）と「俳句第二芸術論」（桑原武夫）に表明される詩的伝統の否定は、それが思想的に日本、東洋思想から西欧思想へ内的基盤を移すことを意味しているわけではない。既に西欧近代はヨーロッパからの脱却として東洋思想と文芸に大きな影響を受けながら西欧近代を形成して来ているので、それは日本、東洋と西欧が、世界的な自文化の断絶経験を通して結びついたということなのだ。文明崩壊を目の前にして不安を抱え、居場所のない現代人という共通項、その内的表現と世界との関わりの模索を表現するには、詩歌の固定化した伝統からの脱却を目指さなければならないと感じたことも、世界現代詩の共通する思考と感性であった。

しかしここで重要な点は、『ユリシーズ』、『ダロウェイ夫人』の規範的テキストを形成する中心的な視点、声、経験が、ユダヤ人という世界的な異邦人、規範的女性の居場所、家庭を占有する主婦、という戦前社会・文化体制から外された周辺的存在の語り、経験、内面という視点を詩の声に反映させながら、それらをジェンダー、階級、人種などヨーロッパ文化構造の起点となす有機的な関連性、つまり差別の構造に位置付ける視点が不明瞭であることだ。

さらに指摘しなければならないのは、『The Waste Land』が依拠するのはヨーロッパの第一次世界大戦後の西欧「現代詩」であり、日本の現代詩人に規範的な影響を与えた西欧モダニズム、中でもT・S・エリオットやエズラ・パウンドのモダニズムの詩人たちの作品であったことで、彼らの反ユダヤ主義、女性蔑視の思想はジェンダーの視点への無関心を超える、彼らの問題点でもあることだ。

第二次大戦後アメリカ文学の視点

日本の戦後現代詩が、近代詩と大きく異なるのは、詩人たちの視点がヨーロッパから戦後のアメリカ詩へと移ったことである。戦後アメリカのカレントな文化を背景にした新たな詩表現の出現は、それまではアメリカの文化的な荒廃を逃れてヨーロッパへと国籍離脱していった第一次世界大戦後のアメリカ文学（失われた世代の作家たち）とは一線を画す批判的エネルギーと表現リズムを持って現代詩を変質させたのだった。

第一次世界大戦後に勃興するパリを中心とした西欧モダニズムを形成した画家や詩人や作家たちは、イギリス、フランスを中心とした西欧先進国の周辺の文化的「小国」の出身者である。これは詩人だけではなく芸術一般に当てはまるが、ガートルード・スタイン、エリオット、エズラ・パウンドもアメリカからの移住者、国籍離脱者であり、W・B・イエーツ、ジョイス、ベケットなどのアイルランドからの脱出者を加えれば、レファレンスの枠組みがヨーロッパの中心的な都市パリから周辺のローカルな場所出身者の視点へと移っていくことが西欧モダニズムの大きな特色であった。日本のモダニズム詩も同様に大連という東京の周縁文化に生まれたことを考えれば、中央から周辺へ、と文化的体制と権威を批判的に脱していくところに形成された文芸活動であったことがわかる。

ビート詩人たちによって代表されるアメリカ戦後詩は戦勝国としての一人勝ちの経済発展

と軍事拡張、冷戦時代の思想の抑圧などからはみ出していく者たちの声であり、繁栄と抑圧のアメリカ社会の生み出した表現文化をもっとも鮮明に反映している。反体制文化（カウンターカルチャー）としての詩は、黒人や同性愛者、女性を含む従来差別されてきたものたちの文化が育んできたジャズや直接的語りかけ、告白などを含む独自な語りのリズムを取り入れて、ヨーロッパモダニズム詩とは大きく異なるテキストを生み出してきた。

戦後日本の現代詩は、ヨーロッパ文化の周辺文化としてのアメリカではなく、戦後アメリカの現実と独自な歴史に立脚した前衛的な文化の感性とリズムに視点を移していく。それは反ヨーロッパ、あるいは脱ヨーロッパ現象でもあり、『The Waste Land』からアレン・ギンズバーグ『吠える』（一九五六）への規範的作品の移行で表象される周縁文化の前衛化といっても良いアメリカ独自の表現文化への共感の表明でもあった。

繁栄アメリカの中心文化である市場経済主義、競争的功利主義、白人主義体制への批判と拒否にそのルーツを置いているアメリカ戦後詩が、復員者、植民地からの引揚者、闇市、そしてアメリカ占領軍の基地文化によって変貌した戦後日本の現実に直面するところから生まれた日本の現代詩に大きな影響を与えたことは当然のように思える。一九五〇年代になって、直接的にジャズや、アメリカ五〇年代のビート詩人たちの影響を深く受けた日本の現代詩人たちの出現を見るのだが、それらの詩人たちの特徴は、崩壊し変貌していく「東京」から考えるとさらに明らかになる。

女性の身体とペルソナ

ビート詩人に大きな影響を受けた詩人の中でも、白石かずこは、引揚者、ジェンダーの傷痕を抱える女性、基地文化の中でも黒人文化との色濃い接触、そしてジャズの決定的な影響、という点で、また、西欧モダニズム詩と演劇の影響から出発していることで、戦後の日本詩の特色を最も明確に表している。その中でも、女性ペルソナの語りの形成は、女性の語る主体形成を課題としていく戦後女性文学の鮮やかな出発点となっている。

日本の経験した第二次世界大戦敗戦による文化的断絶は、西欧社会の第一次世界大戦による断絶に匹敵する衝撃をもたらしたのだが、日本の戦後詩においてエリオットの『The Waste Land』による詩表現の革命に匹敵するテキストを、白石かずこの「My Tokyo」に見ることが出来るだろう。東京の場合はロンドンやパリとは比べ物にならない崩壊と荒廃の風景をあらわにした。白石かずこは、しかし、その荒涼たる都市風景そのものを描くのではなく、その風景の中に置かれて生き、思索する「敗北者」の新たに生きる方向性を探る内的な風景を描き出す。

ジョイスが『ユリシーズ』を語る同じ表現を用いるなら、「My Tokyo」は壮大な混沌のパノラマを、内的宇宙でもあり、詩的宇宙でもあるTokyoというトポスに描き、現代のユリシーズたちの内的放浪の旅を、地下鉄という「内臓の道」を巡るあてのない移動－放浪になぞらえて描いた作品である。

しかし語るのは、彼らの目撃者となり、混沌の宇宙の中心に座り瞑想する釈迦の目ともなった女性のペルソナである。

混沌の中で自らの魂を傷つけ破滅させて行くアーティストたちの魂によって作り上げた壮大な混沌のパノラマの宇宙は、アレン・ギンズバーグの『吠える』を想起させながら、白石のアーティストたちの放浪は広大なアメリカ大陸を横断する路上が舞台なのではなく、東京の地下鉄という地下の小空間である。そこでの放浪は出口の見えないレールの敷かれた地下の限られた空間内のあてどもない移動なのである。白石はさらにその地下空間はペルソナの内臓であるという。それは一人の語り手の内面という限られた場であるが、しかしその空間は女性の体内の空間であるのが、他の作品と大きく異なっている点なのである。

ユリシーズがなかなか故郷へ帰れないで長い世界放浪の旅を巡るのに比し、ジョイスのユリシーズ、ブルームがダブリンというローカルな場での放浪を通して世界の歴史と自分の内面を重ねた小さな空間を移動しながらの独白で成り立っていることを考察してきたが、結局ブルームの出口とは内的な出口なのであった。白石かずこのユリシーズたちは Tokyo という ローカルな場所、地下鉄というさらに限られた地下空間に限定し、それが内的な空間であることの設定を明確にしている。この限られた地下の空間が女性のペルソナの内部であるのだが、それは胃袋や子宮のある身体的な空間として描かれているところがユニークである。女性の身体内空間はユニヴァーサルな空間であり、放浪が宇宙の軌道であることを語っている。

「My Tokyo」で白石かずこはタイトルからわかるように東京という日本のメトロポリスを舞台にしている。しかしこのメガポリスは高層ビルの立ち並ぶモダン都市東京ではなく、アンダーグラウンドの世界、アーティストたちの魂が放浪する象徴的な宇宙空間 Tokyo なのである。書かれたのは一九六八年、白石かずこは既に『卵のふる街』(一九五一)、『虎の遊戯』(一九六〇)などの詩集を出していて、そこでは女性としての結婚と家庭、子育ての中で詩人が苦悩した閉塞感、バンクーバーという自由な外地から、社会的慣習と規範的価値の厳然たる力を振う日本内地社会への「帰還」、男女関係での女性の自由のない存在からの解放欲求を経験しそれを表現してきている。同時に、モダニズム的なイメージを使った大胆な表現の、従来の表現のシンタックスを破るイメージとしての言葉の使用と組み合わせなど、二十世紀詩の批判的前衛詩を引き継ぎ発展させながら、ヨーロッパ白人男性中心主義の視点を脱却し、アメリカと黒人ジャズにシフトしている。

しかし「My Tokyo」は後の数々の作品へと続く白石かずこの新たな出発点でもあり、又、詩人としての自己発見の詩でもあったといえる。

初期の二冊の詩集にはその西欧モダニズム（戦前のモダニズム）の強い影響とともに、家に閉じ込められた女の自由と解放への渇望、家の外部へと、「外」に向かう移動を渇望する思想と想像力に満ちた表現空間が展開されていて、それは定着を拒否し、放浪するペルソナという白石かずこの女性としての新たな自己意識の形成へと向けられている。女性としての白石は、娘とともに家にいるのであり、実際に路上へ放浪していったわけではない。白石の放浪はあくまでも内的なのだが、しかしそれは先ほども述べたように、性と身体を伴った内的放浪なのである。白石かずこのペルソナがTokyoというアンダーグラウンドへ放浪してくるのは、このあらたな女性の放浪者、家からの、主婦という規範的生き方からの逃亡者、解放者としての自己意識を持ってなのだ。それは規範的社会に居場所を持たない異邦人であり、その外部に魂の共同体を求める日本文化、ジェンダー文化のディアスポラとしての女性ペルソナの形成であるだろう。

『モダニズムと〈戦後女性詩〉の展開』（思潮社、二〇一二）で、私は断絶の衝撃が生み出したモダニズム詩の感性の根底には「惨事」が起こったという記憶、その傷痕があり、その惨事は歴史的にも、個人的にも、ジェンダーの深い傷であることが多いと論じた。差別や排除はほとんどの場合裏切りという出来事や物語の形をとって被害者の前に現れてくる。ジェンダー以外にも多くの差別と尊厳の破壊が「惨事」として傷痕を内面に刻んで来たことが、モダニズム詩表現の根底を支えている。そして深層に封じ込まれて消えないままに存在し続けるジェンダーの傷痕とその記憶の蘇りの感覚は、戦後女性詩に受け継がれて、女性詩が未だにジェンダーの傷を乗り越えていないことを表している。都会はモダニズム表現の主要な舞台であるが、ポオの「群衆の人」（一八四〇）がその先駆的表現であるように、自分を見失ったものたちが彷徨する唯一の居場所として描かれている。ポオもまたジェンダー規範に違和感を持つ「はぐれもの」であったと言えるのだ。

世界の異邦人たちの放浪

都会という世界の放浪人の集まる場所、そこに集ってくる居場所のない異邦人たち、社会制度とその規範に組み込まれない異端者たち、社会での成功の道を見つけられないはぐれものたち、その仮避難所キャンプしか居場所のないディアスポラたち、それが白石かずこが描こうとしている魂の共同体を求める放浪者たちであり、Tokyoの地下鉄はその放浪の苦悩を顕現化する空間として描かれている。その幻の空間は女性のペルソナの身体内の内臓空間であり、食べ物を咀嚼し、何かを「生み出す」場である。語りの時点ではそれは機能停止しているが、凝視する目と瞑想する頭脳は全開で動いている。性役割とセクシュアリティの規範からの傷を受けた魂の異邦人としての女性の内面宇宙である。

東京はもはや明治維新を経て近代化されてきた東京ではなく、新たなトポスとして変貌した Tokyo なのである。それは「My」Tokyo であり、東京ではなくて Tokyo なのだ。白石かずこはその表現空間に Tokyo を誕生させたのである。その新たな宇宙空間が女性空間であることが、母性の解体と再生にもつながる白石のこれからの詩業へと道を開いていく。

家から解放され、自由な放浪者となった女性の異邦人は、性的アイデンティティ、つまりジェンダー化された自己を超越する旅人であるが、「My Tokyo」では、母性のような慈悲と包容力を持つ無言の凝視者として、もう一人のペルソナが子宮なる宇宙の中心に座っている。名のない異邦人たちが放浪する地下の世界は明確に子宮になぞらえられているが、そこには語るペルソナと無言で瞑想する釈迦牟尼が存在する。

女性のペルソナと釈尊は分身である。凝視し語るペルソナは放浪する芸術家に深く心を寄せる、いわば一体化した声である。一方の釈迦牟尼は性を超えた存在であるが、無言のまま、感情移入することなしに座り続けている。

釈尊は救済の道を示すものであるはずなのだが、手を差し伸べることはしないでいる。放浪して精神も命も傷つけて行く芸術家たちを見守っているようでありながら、「無聊」で無言、彼らとは距離を置いている。救済の道を示すことができないままなのだ。ペルソナが感情移入して語ることだけで彼らを救済することができないように、釈迦牟尼も無力なのだ。

しかし彼らの語りも無言も出発点であることが次第に明瞭になっていく。「My Tokyo」は放浪の行く先を追求する視点、放浪者たちをさらに追っていく出発点であると同時に、ペルソナ自身の地下空間から外へ出ていく出発点でもあるのだ。Tokyo は次第に原初的生の深淵でもあり、生命力の源泉でもある場としての姿を明瞭にしていく。

一人称「わたし」で語り始める語り手は女性経験を経てもはやナイーヴではない女性詩人、白石かずこだが、そのペルソナは新たな探求の放浪の始発駅というトポスとして生まれ変わった内的宇宙に何も語らずに無聊に座り込んだ釈迦牟尼でもあると設定されている。時間と空間を越えて、はぐれものの内面とそれらの放浪し、生きる世界を見る視点として、これ以上に適したものがあるだろうか。従って、Tokyo は時間も特定な場所も越えたトポスとなっているのだ。

そこでペルソナは多くの内面を傷つけられて自滅していく芸術家たち、成功しないままに消えてしまった人たちへのオマージュを語るのだが、それはペルソナが自らも放浪し、都会の内臓という地下鉄に乗って自らの内的世界を巡る観念的移動の中で行われる。

都市の地下・女性のユリシーズ

白石自身、カナダのバンクーバーから戦争末期に引き揚げてきた家族の開放的で個性を尊重する雰囲気とは異なった、閉鎖的で国粋主義時代の日本社会からいじめられ除け者にされてきた経験を持っている。外部と内部、土地の者とよそ者の間に溝がない移民の国カナダでのびのびと育った幼年時代から、よそ者を、はぐれものとして差別する閉鎖的な共同体でのいじめを経験しながら大人になっていった白石の経験が、東京をTokyoに変貌させる凝視者でもあり、瞑想者でもある目となって、中心に置かれている。この外部の目が、東京ならぬMy Tokyoを表現空間としてのトポスに変容させる目なのだ。戦後の東京は大変な住宅難で、若者たちは自分の居場所を家族の家の中に持つことも、自分自身の場所を確保することも困難で、多くの若い詩人たちは喫茶店で詩を書いていた。白石かずこはよく地下鉄の中で詩を書いたことでも知られている。

作品中、地下鉄＝ペルソナの内臓は一番深い凝視と瞑想の場として語られている。そしてその瞑想は「個人的演奏の季節」の到来でもあるという。地下鉄のゴオという音と響きは内臓から出る叫びでもあり、外部から攻め寄せる音でもあって、「失語症、急性歓喜症、痴呆性思索」など、蜘蛛の巣に捕まっていた自分の内面から吹き出している轟音であるのだが、それをペルソナは音楽に変えようとしている。

その音楽とはアメリカ黒人文化を源泉とするジャズである。白石かずこの詩はコルトレーンへの心酔に明らかなようにソール・ミュージックとしてのジャズに大きな影響をうけているし、ジャズというリズムが内面のリズム、その不確定性とともに彼女の内面の動きとぴったり一致していることもよくわかる。地下鉄の絶え間ない動きと、どこまでいっても終点に至りつかない堂々巡りの放浪がジャズの即興的なリズムと相呼応しあう。ここでは音楽という動きと瞑想という内面沈下の語りが一体となって地下鉄という本来では個人的でない場を、放浪する魂の「居場所ならぬ居場所」としてテキストの中心を作っている。

ここにも白石の戦後現代詩の普遍的テキストの形成に、ヨーロッパからアメリカへ、戦前モダニズムからアメリカの放浪芸術へという決定的と言ってもいいシフトがあることが明白であるが、そこに女性の身体という新たなトポスが設定されていることが重要なのである。

My Tokyo がエリオットの『The Waste land』に匹敵する日本の戦後詩の重要なテキストで

あるのは、これらの作品がともに、混沌、無秩序のパノラマを作品世界の舞台にしていることによる。「My Tokyo」は第二次世界大戦後の『The Waste Land』なのである。前にも述べたように、『The Waste Land』は第一次世界大戦によるヨーロッパの既成の秩序崩壊の後にまだ何も見えて来ない不定形の世界を彷徨う人々、戦争の犠牲者たち、帰還兵や、夫や恋人を失った女たち、そして性の荒野をうろつく女たち、その人たちの語りをドラマティック・モノローグで、会話風に語らせることを通して展開して行く。それはイギリス詩でも、アメリカ詩でもなく、国境を越えて世界の一般人を巻き込んで、秩序崩壊とその後の混沌に投げ出された世界の図であり、そこで生き延びようとしている人々の方向性の定まらない、断片的な声、語りからなっているテキストである。過去の作品、又国や言語を越えたテキストからの引用と、断片的な独り言や会話、語りの非人称性、それらは中心を失った混沌の世界に投げ出された人々の語りのテキストであり、詩表現という従来の考えを決定的に打ち破ったと言えるのだ。

『The Waste Land』のはじめの一行は生命と文化の再生に懐疑的である。規範も制度的秩序も、そして関係も不確かな、性的な人間が放浪する前途には、どのような再生や救済のイメージも見えて来ない。そして最後は遠くに雨を予感させる雷鳴が轟きながらも雨はやって来ない、という救済への希求とその不確かさで終わる。その願いは東洋の宗教による救済を示唆していて、西欧社会への期待が最早なし崩しにされている。
「My Tokyo」の第二次世界大戦後の日本、破壊と断絶のアフターマスの混沌を現前化し、世界の異邦人、国籍も家も持たぬ居場所のない放浪者のうごめく場としてTokyoを描く手法は『The Waste Land』の手法と似ている。東京は世界の都市だが、それは世界の混沌を、そこに集まる、あるいはそこを通過する人々の内的な混沌と虚無を描く場として世界的なのである。小さな個人的な空間が、一人の女性語り手の内部が、個人を超えた大きな世界の主張的な空間、トポスとなることを、第一次大戦後のモダニズムから引き継いでいるのだ。

しかし「My Tokyo」が『The Waste Land』と異なって、第二次世界大戦後の現代詩の普遍的テキストとなり得ているのは、その個人的空間が女性経験を経た新たなペルソナの形成によっていることだ。個人的な小さな内臓、内部の世界は、地下の世界は、ここでは子宮なのである。そこが白石のテキスト、そして表現空間を戦前のモダニズムと大きく分けるところだ。

第二に西欧文明に幻滅したモダニズムの画家や詩人が魂の救済を東洋思想に求めていくのに反して、白石の反「ヨーロッパ白人男性主義」の視点を体現するペルソナは海洋へ、砂漠へ、宇宙へと、国や思想や文明を超えた未踏の空間へ出て行こうとすることだ。

白石かずこの釈迦牟尼は瞑想する、無力な自分であり、不機嫌で「無聊」のまま、再生も救済もできないし、エジプトのスフィンクスと同様に答えを教えてくれるわけではない。白石にとって、宗教は詩に取って代わるものではないのだ。しかし釈迦牟尼は無言のまま何かを懐妊している。My Tokyo はどこの国ともわからぬ低迷と暗闇の場であるが、「懐妊」の場であることには違いないのだ。それが子宮が象徴することなのだ。「個人的な季節」の懐妊なのである。

白石のユリシーズたちはこの混沌たる都市の内臓を走り、女性の身体へ深く沈潜して行く放浪者であるが、女性の身体はもはや男性を救済することはない。女性の身体は放浪者の子を孕むことも、その放浪の道程をペネロペが待つ過程に変えることもできない。ペルソナ――釈迦牟尼は子を産むのではなく、「何か」を懐妊しているのだ。語り手であり同時に瞑想する無言の仏陀、分身関係にあるペルソナは女性詩人の新しい姿、新たなアイデンティティとして自己から、身体から、地下から、都会から出ていくのだ。女性の身体が女性自身により従来の性差規範を解体する場として用いられている。身体による世界規範の解体の思想は『聖なる淫者の季節』（一九七〇）というタイトルのメタフォーにも表象されている、白石独自の存在論とつながるメタフォーなのである。

この規範的な女性性を超えながら新たな女性詩人としてのアイデンティティがみえてくる

ところがエリオットの『The Waste Land』とは大きく異なっているのである。世界のどこからか集まって来た異邦人たちはやがて、又どこかへ彷徨って行く。ペルソナは出口のない自己の身体を堂々巡りしながら、一瞬轟音の中に「神の痛み」を聞いたと感じる。ペルソナは、それを「ツカノマ」の「永遠」という。「神の痛み」とは、この一言で、「My Tokyo」の混沌と虚無、放浪するものたちの苦悩と救いへの希求を言い表している表現なのだ。

そしてそれは混沌を抱き込んだ子宮の風景であり、再生を産み出せない子宮を抱える女、宇宙の苦悩の風景なのだ。十九世紀にピークに達する西欧ロマンティシズム文芸は、世界の秩序の崩壊と混沌を内面世界にも見出し、個人の存在意識の分裂、世界からの疎外を課題としてその表現を模索した、いわば現代モダニズム文芸の先駆けであったが、そこでは女性の子宮、女性の身体、その産む力、慈悲の心への信奉が中心を占めていた。それは「自然」の概念と一体になって、女性＝母性は再生の象徴としても暗喩化され、神格化されたのだった。

しかし、モダニズム文芸では女性崇拝も、救済としての女性のメタフォー化も姿を消して行く。エリオット、ジョイス、ベケットなど、中心を失った世界の混沌の中を放浪する個人、世界から乖離して存在意識を見失った迷える個人の内面を中心に据えた世界のパノラマとしてのテキストには、ジェンダーの視点がなく、その救済志向の中心は子宮とは位置づけられてはいない。そこには女性の性と自我への嫌悪さえ感じられるのだ。

白石かずこのペルソナの原型にはユリシーズがあり、白石が、ホーマーもジョイスも意識し、世界的な放浪者を引き継ぐ女性のユリシーズをペルソナとした語りを創造し、展開しようとしたことは確かであるだろう。それは女性自身も振り回され続けた女神礼賛、母性崇拝思想への反論と批判であり、それへの白石の答えでもある。

女性ユリシーズは「My Tokyo」以後本格的な放浪者としてのペルソナになっていくのである。白石かずこの「My Tokyo」がユニークなのは、女の子宮を中心に据えて世界のパノラマを構成しながら、性的人間の放浪が、近代女性自身が幻想した恋愛、女性の性と身体への幻想、母性という再生神話への信奉を無に帰してしまう広大な虚無の世界絵図を描き出していることだ。子宮というメタフォーを使いながらも、懐妊とは子を産むことでも母性の根源としても語られない。それは女性の身体の中心でありながらも、出口のない混沌の世界からの脱出を懐妊する自己存在の中心なのだ。

「My Tokyo」の最後は、ペルソナがTokyoとの距離を明らかにし始め、自分の内臓であり、子宮であったところが、そこに瞑想を続けていた釈迦牟尼の顔が、他者の顔となって遠景化されて行くところで終わっている。そこから振り返ると釈迦牟尼は首をうなだれて眠っているように見える。ペルソナは明らかに新たな一歩をTokyoの外へと踏み出しているのだ。

瞑想ではなく外部への身体的放浪へ、ペルソナは新たな語る主体を見つけて船出をしていく。それまでは自滅して行く才能のある芸術家と自らを同一化して鎮魂を歌っていたペルソナは、既に瞑想する釈迦牟尼という自己存在を抜け出ている。Tokyoを「埋葬する」というペルソナが振り返ると釈迦牟尼は瞑想しているのではなく眠っているのだ。ペルソナのこの脱出の契機は、「神の痛み」の一瞬の啓示、つまり、この一瞬で、ペルソナは自らを客体化し、又同一化していた自滅する魂たちを「他者」として見る目を持ったのだ。それは同時に分身であった仏陀からの離脱でもある。分身も他者となった。

白石かずこのペルソナは、ここから一人カヌーに乗って出て行く。それはさらに荒涼とした大きな場へと出て行くことであり、その道連れは依然として世界の放浪者たちではあるが、自分の女性の内臓という狭い世界への幽閉、閉じこもりから、世界の海原へと脱出して行く、という新たな放浪をはじめるのである。

My Tokyo から脱出以後の白石の作品については次章で論じたいが、性的な存在としての人間の原型である放浪者は、相変わらずユリシーズのメタフォーで放浪をつづけ、他者を見る視点がさらに深まっていく。やがて「砂族」という、自分と他者が世界の中で等価な小さな存在、砂の流れの中で必死に生き残りを模索していながらもやがては個を消して行く存在として、ともに、水のない地で生きる「砂族」として認識され、そこにペルソナの語る主体を形作っている。しかし砂族への道は、性と真正面から向きあう「聖なる淫者」の季節を経て見えてくる道なのだ。

女性＝母性と決別する異邦人としての女性

女性詩人がジェンダー規範をはみ出した感性によって開拓した女性の身体と世界を結ぶ思考の表現が、日本近代詩のカノンを書き換え、現代詩の普遍的なテキストを生み出して来たのである。小説の分野においても大庭みな子、富岡多恵子、津島佑子などの女性作家は小説という領域での現代女性表現のカノンとなる作品を生み出して来ている。

小説、現代詩ともに、新しい普遍的なテキストに共通するのは、女性規範を内面化してきた自身を認識することによって、二重意識によって形成されてきた内面の二重構造からの脱却を希求する表現主体となっていく過程である。私自身はその表現主体を「里」にいながら「山」を希求する山姥への夢というメタフォーで大庭みな子の作品を例にとりながら分析をしてきた。

そしてその「語る主体」は、従来の女性の居場所（伝統的な家父長制家族の中の居場所、女性規範の形成する性差社会である「里」）の外に出た放浪する女性としての自己意識を持つ主人公を描いていく。本来的な自己の在り方を希求し、自由に生きることを願望する主人公は、性差社会・文化の「異邦人」の意識を持ち、「里」の外の「野」に生き「表現する女」の自己探求と生き残りの物語を語り、それが、書く主体回復の物語でもあることを明らかにしていく。女性の自我、女性自己探求のための語りが、新たな語りの方法を生み出し、世界的に普遍的な思想とテキストを作り上げている。女性の主体的な生き方の可能性を、ジェンダーの「外」の思考と感性に求めようとする志向は、世界の戦後女性表現に共通する現象だが、それはジェンダーを持つ表現者の課題でもあることを「My Tokyo」は示している。

それは「異邦人」の思考が生み出した個人と世界の関係の表現であり、物語の再生産され続ける女性言説と現実の固有で即時的なリアリティの対立が意味を表出しない場、性差文化の外を志向する現代人の表現テキストの形成と言えるだろう。

そのような「外」を生きる人間の姿を山姥の生き方、山姥の感性と想像力として物語の語り直しを核にしようとした作家たち、例えば、大庭みな子、津島佑子たちは、自らの分身としての山姥、理想的な存在として憧憬する女性の原型像としての山姥物語を、女性の経験と感性から出発して、ジェンダー性差社会を超える存在の場としての山を志向するテキストとして作り上げたのである。山姥は疎外され、差別されたものの「怨念」ではなく、他者化からの自由、性的規範からの自由の希求であり、普遍的な産む性ではなく「個体」という生き残りの存在形態を志向する生き方として原型化されているのである。

「My Tokyo」が『The Waste Land』と異なっているのは、後者がパウンドの目指した世界文学を表象する感性と言語の場の延長であるのに比して、前者が新たな出発を孕み、思想を産む可能性を体内に持つ女性の性を中心的視点としていることだ。混沌のパノラマの中心に瞑想するだけではなく、救済を担うべき無力な女性の性を据え、それが女性＝母性の異邦人としての女性の想像力と感性によって形成されていることだ。放浪者も、目撃者も、救済者も全てが従来の規範的表現テキストでは男性の意識だった。

女性が語るTokyoはもはやローカルな場ではなく、そこを彷徨う人々もヴァナキュラーな日本言語ではなく世界と共通する内的言語とそのリズムで語り合う。その世界はもう一つの普遍的現代詩テキスト、アレン・ギンズバーグの『吠える』の、最も良き魂を持ちながら世界の混沌の中で自己崩壊をして行く人々の内的な叫びを共通項として原点に持っている。このアメリカが生んだ表現の新たな領域は、限定された場所を超えた路上を舞台とするが、白石かずこのユリシーズたちは、ジェンダー規範を逸脱することで内的な解放の道を探求するペルソナに導かれて、Tokyoから、闇の身体内部から出て行こうとする出発点に立つ。ここでこの詩はとりあえず幕を降ろす。ジェンダー規範を超えた性的人間としての新たな放浪の旅を暗示しつつ、新たな女性の内的探求を語る主体が確かに立ち上がってくることを描いているのである。

戦前の詩人たちと同様にビート詩人たちも、また、例えばビートルズのようなシンガーたちも、西欧文明の中で培われた自我の行き詰まりからの脱却を、一度は東洋思想に救済と光を求めて旅をしていった。しかし、日本の戦後女性詩人たちはすでにその体内に釈迦牟尼がいるのだ。瞑想する分身を子宮に抱いた語る主体の「外部」への放浪が、次の幕が開いた時に展開する白石かずこの新たな旅の風景となっていく。

そのあとに残されたのは戦後女性詩という領域の中心を形成する出発点となる、カノンとしての「My Tokyo」という作品である。それは女性の抑圧された内面の被害届でも、加害者を探し追求する表現空間でもなく、これまでの女性表現とフェミニズムが成し遂げてきた苦悩の前景化を背景にした、女性規範と神話の女性自身による解体と、新たな、性的であってもジェンダーレスな性的存在の生きる世界の探求を可視化する表現空間である。

性的存在としての人間、女性

白石の「My Tokyo」以前には戦後女性詩を代表する詩人、中でも茨木のり子や石垣りんが戦後女性詩の思想と感性を代表する作品を書いている。この二人の詩人は戦争中に女性としての人間形成期を過ごし、戦後の日本社会で詩作活動を展開した詩人である。その表現は人生で決定的な「女に成長する」時期を軍国少女として過ごしたことへの、そして自らの内面を、考えることもなく権力を持つ他者の思想へ引き渡したことへの痛恨の思い、反省と自己嫌悪に近い屈折した心理と同時に、体制や権力の、他者の言説に対する強い不信感を基盤としている。それは戦後新体制である民主主義思想、そして経済発展を手放しで歓迎する日本の戦後社会への不信も内包している、

他者のイデオロギーに対する根本的な不信感は、自分の感性というテリトリーを他者の侵入できない領域として守り抜き、あくまでも個人として考え生きる覚悟として表現されている。それは女性規範からの自立も含めて、新たな戦後女性の生き方の実践でもあった。

茨木のり子「わたしが一番きれいだったとき」は、その自分への悔しさを「長生き」という自分で生き直す時間を取り戻そうという居直った覚悟である。石垣りんも女性として働く現実と屈折する内面を批判的で透徹した感性で見つめることを通して、「自分だけの部屋」の肩書きのない住人としての詩の世界を創造し、その小さな場が世界に直接に繋がる表現空間を作り出している。

これらの詩人が創造した詩表現の空間は、個人に、しかも女性の性的規範と性的役割のアイデンティティを剝ぎ削いだ「個体」に収斂させていくことが普遍的な人間存在の世界へ繋

がっていく表現空間を作り出している。日本の敗戦と自身への悔しさを、人間の尊厳の恥辱という「惨事」の傷痕として深層に抱えた戦後女性詩の美事な出発点を刻んでいる。

茨木のり子も石垣りんも女性というペルソナの声―語りを明確に付加しているが、それは産む性という女性の性から脱却した、個体として生きる女性の声である。子供を産むことを通して、女性に本来的に備わっていると規範化されてきた母性を体現するセクシュアリティを拒んで、個体として生命を全うする生き方は、近・現代フェミニズム思想の中核を形成してきた思想であるが、他方でフェミニズム思想は産む性に男性との差異を見て、そこに女性固有のアイデンティティとジェンダー世界観の根拠をおく思想を二十世紀後半に展開してきた。産む性から解放されて、個として生きる思想は、産む力を持つ女であることに肯定的に向かい合う探求とは対立する思想ともなっていったのである。男性文化の産む性礼賛、母性神話の崇拝が家父長制家族制度を構築したのに反し、女性自身がその制度から女性の産む性を解放し、救済する思想でもあった。これらの対立する思想はフェミニズム思想の論点として今日まで続くジェンダー・セクシュアリティの課題である。

白石の「My Tokyo」はこの分裂しがちなフェミニズム思想の女性論の両輪を一つの世界に結びつける表現空間を作り上げているところが、白石の後に続く女性詩人たちを含めた戦後女性詩のカノンとなり得ている所以であると考える。

それは白石があくまでも人間を性的存在と考える視点を貫いているからだ。規範的性役割から自由になった性的存在としての女性の、女性のセクシュアリティに正面から向かい合い、女性であることと性的であることを不可分であると考えるところだ。子育て、家庭と結婚制度に閉じ込められることによって効力を発揮する女性規範としてのセクシュアリティとそこに形成される女性の内面の二重構造、仲間との連携の剝奪と孤独、母性と女性の性的アイデンティティが子を産むことに収斂される従来の女性の性規範。それに反して、白石の女性身体、その中心にある子宮は思想や生き方も含めて、新たな存在を孕み産む場としてその存在証明を示すのだ。女性の内部が世界の存在の場であり、拠点であることの顕現化、それらがこの詩の創造する表現空間なのである。それは神の永遠が一瞬感じられる表現空間であり、それゆえに啓示を摑むことの可能な、「新たな存在意識」を産む拠点でもある。日本だけではない世界のアーティストを道連れにした存在探求を出発点においた表現空間なのである。

茨木のり子と石垣りんの戦後第一世代の女性表現を経て、白石の「My Tokyo」は、白石の後に続く女性詩人たちを含めた現代女性詩の普遍的テキストを創造し得ているのだと思う。茨木のり子も、石垣りんも、そして白石かずこも「里」という女性規範の機能する男性支配の共同体を脱出して自分一人でも生き残る場としての「山」という治外法権の場を、精神的居場所にする山姥のメタフォーで語られる女性詩人である点を共有している。山は家の象徴する女性の安定的定着の場と違い、放浪の、そして絶えず移動する場である。白石は、茨木や石垣の一人だけの部屋に生きる孤独との対峙を共有している。しかし、白石かずこの詩の世界がそれらの詩人の世界と大きく異なるのは、女性の身体に関する思想である。女性の身体は、子を産む場だけではなく、思考の場であり、思想の産み出される場であるが、それは何よりもまず、性の場であるのだ。性を通しての思想の「出産」が、子を産むことによって自動的に育まれる規範的な母性とは異なる生の拠点であることをペルソナの放浪の中で顕在化してく。

　ここで考察した作家や詩人にとって、山姥は存在の夢であり、山姥の語りとは夢としての語りであるにすぎない。山姥はここでは観念なのだ。しかし、山姥は食べ、産み、働き、自分の命を生き、他者に支配されることなく今の生を生き抜き、他者に認められない孤独に向き合うしたたかな、名のない女性の表象である。里を出た「その後」を生き抜く女性のメタフォーであり、ジェンダー・セクシュアリティ規範から脱却した、自由な生き方を模索する女性表現を論じる枠組みとして深い示唆と可能性を孕んでいる。その山姥群の起源には、白石は自身がなぞらえたクレオパトラの性的存在として堂々と君臨し、世間のバッシングも批評家の無視もものともせず性に生き、内部空間にこもるのではなく、外へ、外へと世界の異邦人とともに未開の領域へ出て行く、女性像が見えるのである。徹底して定着を求めず、安住を拒否する放浪する女性ペルソナの語りは、性と未知の外部への移動をつなぐ女性像を形成する。戦後女性詩の新たな領域と地平線を拓いたのである。

白石の後に続く現代女性詩を代表する詩人たち、伊藤比呂美、そして平田俊子の個人的で独自な、女性規範と神話解体の詩的探求は「My Tokyo」の出発点を基盤とし、共有している。

第2章　『聖なる淫者の季節』

白石かずこの詩作品が戦後女性詩のカノンを形成する過程は、初期の作品から、一詩集ごとに語り手であるペルソナの変容を通して、考察することができるだろう。

「My Tokyo」では釈迦牟尼と「わたし」という語り手が分身的視点として、前者は沈黙、凝視、瞑想、不動、後者は語り、移動、咀嚼、感情移入という行動の視点を通して、「都市」と「自己存在意識」の地下空間、内面空間に現れては消えて行く物語にならない物語の、名称不詳の人物たちとの距離を保つ表現構造を作り上げている。語り手の意識や思考は、内臓、咀嚼、体内循環という閉ざされた身体空間（＝地下空間）内で移動し、いつも同じ場所をめぐるあてのない放浪に近づいている。やがてそこから脱出していくところで作品は終わっている。

凝視する釈迦牟尼は、女性の凝視者としての新しいペルソナの設定であるが、動き語るペルソナの分身として正視し凝視するペルソナは無力で、結局はペルソナの動きを語るたびに置き去りにされる。この段階では、探求の旅に動いていくペルソナと、凝視するペルソナは分断されている。凝視する分身を他者化して打ち棄てるのが、この詩の観念的放浪の終わりを形成している。しかし、それで分断が消滅したわけではない。この分断が解消されていくプロセスが、白石の探求の一つの課題でもある。中でも、性に関して、その行為と相手を凝視するペルソナは、従来は男性的な目であったものが、『聖なる淫者の季節』では、すでに大きな変容を見せている。

「My Tokyo」の瞑想の季節は終わり、同時に、内部空間への幽閉からも脱出して、ペルソナは新たな放浪を、新たな空間に求めて行く。それは主人公の放浪者たちとペルソナ＝語り手の「新たな季節」の到来として位置付けられている。季節は移ろうのだから、この季節もまたもう一つの季節への橋渡しであり、その過程であることは明らかだ。

あてどもない「外へ」

「My Tokyo」以後、白石かずこの放浪するペルソナは、踏み出していく世界の広がりはあっても、それがどのような世界であり、空間であるかわからない場所へ、あてどもない「外へ」の放浪をする。東京脱出で、詩人自身も世界への旅に出るようになるのだが、「My Tokyo」からの脱出は単に自己の身体内＝地下空間から広い空間への脱出であるのではなく、自分自身からの解放、内面に棲む「黒い鳥」を解き放ち、新たな自分を探求する旅に出ることなのである。

バイ　バイ　ブラックバード
数百の鳥　数千の鳥　が飛び立っていく
のではない　いつも飛びたつのは一羽の鳥だ
わたしの中から
わたしのみにくい内臓をぶらさげて
鳥
わたしは　おまえをみごもるたびに
目がつぶれる　盲目の中で世界を
臭いで生きる
おまえを失う時　はじめてわたしはおまえをみる
が　その時　わたしの今までは死に
新しい盲目の生がうごめきはじめる

（「鳥」『今晩は荒模様』）

目が見えないが、視力を失ったがゆえに新たに世界が見え始める。

盲目の放浪は、初めはあてどなく、目的地も定かではないが、その旅が性を通してであることが重要である。『今晩は荒模様』『聖なる淫者の季節』という白石初期の代表詩集は、白石が性と向き合い、男の性に振り回されてきた女の性について新たな認識へ達する過程であり、そのプロセスとしての旅を表現空間に作り上げていった作品群である。

やがて白石かずこは、白石世界の浮浪者の原型＝ユリシーズを作り上げて行く。そこに行き着く前には「聖なる淫者」という「性なる放浪者」の原型の創造に到り着いているのだ。そしてやがてそこからギリシャ古典のユリシーズを原型に、あるいは下敷きにした白石独特の女性放浪者像が造形されていくのである。

前章で述べた場所＝空間のメタフォーを再度整理してみよう。具体的な日本という固有の国の、固有な首都東京は、世界の芸術家たち、流れ者たちが放浪する「浮遊する都市」へ、大都市の地下空間を移動し、常に動き回遊する地下鉄は、内面を巡る「道」へ、そして轟音の中で他者たちがすれ違う「場」へ、と変容し、それはペルソナの身体内空間、臓腑であり、さらにその中心に子宮を持つ女の内臓であると設定されている。

そこはペルソナの無意識領域であると同時に戦後の大都市の無意識領域でもあり、現代文明の無意識領域なのである。敗戦による荒廃の都市は旧文明の廃墟の下に広がる地下空間であり、異邦人たちの動き回る、自己と他者のすれ違うばかりの無意識領域なのである。

そこからの脱出は、従って、単なる身体的な脱出や移動でないことは明らかだ。ペルソナの新たな旅は、瞑想、凝視、沈黙という内へ向かう内省と、放浪するものへ感情移入し、共に放浪して語るという他者へ向かう行為との間の、分身的、あるいは自己分裂的あり方からの脱却であり、無意識領域への幽閉からの解放へ向かう旅でもある。

初期の代表詩集『今晩は荒模様』は内面への無力な閉塞と行動不在の凝視から、そして地下空間から脱出したのちのペルソナの旅、行動するペルソナの旅の物語である。そこでは性の再発見と、「男根」に集約される白石の性の哲学が中心テーマであるだろう。ペルソナはもう眠ったように、無力に瞑想する者、釈迦牟尼ではなく、都市の駅のプラットフォームに一人立ち、「異邦人」と出会う場所に出向き、男たちと性を介した束の間の交歓を求める。しかしペルソナはそこに愛を見つけないし、求めないので、「永遠」に出会うことはない。

この頃の白石の詩には頻繁に「永遠」という言葉、概念的なイメージが現れる。「永遠」は神ではない。神が具現するのでもない。白石にとって神とは男であり、性を求める放浪者の心を持つ男性なのだ。その男性たちは「永遠」を見せてはくれない。

愛は口を閉ざし　永遠に去り

ここは　永遠がないので　よく　みえる
神がいないから　神よ　おまえがよくみえ
愛がないから　愛　おまえの信仰がみえる
もう信仰の魔術の中で　この日
ねむらないだろう

（「おまえが通りすぎる　のをみる」『今晩は荒模様』）

性あるものへの「哀れみ」

白石のペルソナにとっては、男は「男根」を持ち、その使い方を、生殖のためだけに正当化され、快楽は家庭の外に、娼婦にお金を払って求めるものとしての言説を頭と身体に浸み込まされてきたために、男根のそれ以外の使い方を知らないので、生の持つエネルギーの一時的な衝動にのみ振り回される、哀れな生き物なのだ。彼らとの性に「永遠」を見つけることがないのは、そこに「愛」がないからだが、その「愛」とは生きる意味、存在の実感をもたらすものであり、その実感が「永遠」を感じさせる時——「一瞬」——なのである。しかし白石のペルソナがそこに見出すのは絶望でも悲観でも、憂鬱や無力でもない。それは「哀れみ」であり、性を持つ生き物への、その宿命的な欲望に生きる性あるものへの哀れみである。性の一瞬の喜びを求めてやがて死んで行く性ある生き物への深く遣る瀬無い愛惜の感情なのだ。大きな男根をもて余す男たちは滑稽で愛おしい。白石の描く彼らのありようはユーモアによって描かれ、誰も彼らを憎んだり、嫌ったり、蔑んだりすることはできない。生きることの悲しみよりは哀れみが、その哀れさに寄り添おうとする詩人の心が滲み出ている。

無名のひとりであるおまえ
わたしは　おまえを永遠にすまい
おまえは現在である
亡びる愛である　嫉妬深い　執念深い
しばらくの背中である
復讐であり　闘争であり　Simpleな一途さである

Somethingelse
Humanである　おまえ

おまえの魂と同じくらい
おまえのペニスを愛するだろう
おまえの筋肉のバネと同じくらい
おまえの心臓の感じやすい鼓動を愛するだろう

(『聖なる淫者の季節』第一章)

「永遠」に至りつかない性の行為とその喜びは彼らの抱えた暗闇のはけ口でもあることをペルソナは感じている。そのために彼女は性にしか自分である実感を求め得ない異国の若者たちの性を慈しむのだ。彼らの強靭な筋肉のバネは、彼らの身体的なエネルギーを宿しているが、同時に、彼らの魂そのものなのだ。自尊心の一瞬の回復を性に求める異国の若者たちへの抒情は『聖なる淫者の季節』と『今晩は荒模様』を通して展開される詩空間を作り上げ、ジャズと踊りと性と、そして何よりも孤独を輝かせる一瞬の歓喜に満ちた世界を構築している。

この時期ペルソナは世界のあらゆる場所へと移動しているのだが、その放浪には方向性は見えず、「My Tokyo」の地下鉄に代わる「道」は見えてきていないのだ。どこを目指すのか、どこに帰るのか、そのあてどもない放浪は地下鉄内のぐるぐる周りと基本的に変わることはないのだ。そこに通底するのは全てが終わりから始まるという、「生は死への道行き」という虚無感に似た達観であり、それは物事の本質を凝視する釈迦牟尼の目であるとさえ言えるだろう。東京以後も行動するペルソナの影を支える、凝視し、瞑想する釈迦牟尼の影が伴走しているのだ。

しかし、この放浪を通し白石の世界は一つの認識に、そして性あるものへの憐れみは一つの思想に到達して行く。それは『今晩は荒模様』に収録されている「男根」という詩に凝縮されている。同時に性の快楽にのみ「生きる実感」を求めようとする性あるものたちを、「聖なる」「淫者」と命名する語りの行為に凝縮されて行く。俗に徹することは聖に近づくことなのであり、自然なるものは神の情けに包まれる。

詩「男根」は、暗い顔をしている友人のスミコの誕生日祝いに「男根」を贈らなかったことを後悔して書く詩だ。スミコがなぜ暗い顔をしているのかは語られないが、おそらくは男に振られたか、夫、あるいは恋人に裏切られたかであることは確からしくて、男根は特定な男性に代わる「性」そのもののメタフォーであり、特定の男性を、その人間的全てを求める「恋愛」に代わる「性」を象徴するものだ。それは巨大で、「コスモス」畑の中に立っている。それはどこからも見える。コスモス畑の男根は小さな個々の男根の集まりであり、そしてまた、全てを代表する象徴としての男根なのである。

コスモス畑に起立する男根を発見するまで、白石のペルソナは色々な男根と交わってきて、そこに個々人の顔も、愛も見つけようとせず、従って、性は「永遠」をもたらさないものだった。ニックやサミュエルなどと男に名前はあっても、それらとの性は恋愛でも自己認識へ導くものでもない。

男とねていると　わたしはすぐ
10年くらい　ねむる
男は　ねむりである
セックスは薬である　麻薬である

（『聖なる淫者の季節』第一章）

ペルソナがそこに求めるのは、性を持つ生き物の哀れさと虚しさ、そして性の快楽の実感であり、それは言い換えれば、孤独の実感である。孤独こそが、語り手であり凝視するものであるペルソナ＝詩人の実存感覚なのだ。

男とは　通り過ぎていく影である

影が真実であるか　フィクションであるか
だが
生きてすぎていく
男たちは　影である

（『聖なる淫者の季節』第一章）

性に家族形成と出産、子育ての意味を付加した家族言説は、性を近代社会、中でも中産階級の安定による市場経済発展を目指す戦後の日本社会の政治的政策を担う言説でもあった。そこから外れるのは、つまり、子を産まない性にのみ浸る者は、性的規範を形成した政治思想を攪乱するものとして、アウトサイダー化されていく。白石かずこは、決して厭世的でもなく、また悲観的でもない、身体的な性の快楽の肯定を、『聖なる淫者の季節』で成し遂げている。身体的な性は、この詩集において、精神的な、そして魂の探求でもあることを、認識し、表現化していく、白石かずこの性思想の表明でもあるのだ。

コスモス畑に起立し続ける巨大な男根は、それ自体、滑稽であることには変わりないが、まず萎えることがなく、まるで大きな観音像のように全てを守り、そして、誰もが拝める存在なのだ。その傍に立てば人間は小さく、その存在に吸収され、自分の身体存在は覆いかぶされてしまうのだ。その時スミコは自分を忘れて眠ることができるだろうし、あるいは自我の屈辱に苦しむこともない。「男」を求めるのではなく、「男根」を、その存在自体を認めることをペルソナはスミコに教えたいのだ。男ではなく男根、永遠を求めるのならば、一瞬の性の喜びに現在を生きる実感を求めることを教えたい、というのだ。

白石かずこがフロイトからラカンへと受け継がれ、そしてフーコー、イリガライのフェミニズム理論にも応用されてきたファロス理論を念頭において「男根」という言葉を用いたのかどうかは、私自身は確信がないが、しかし、白石の男根は目立って大きく起立していて、その存在があたりを覆っていることで、その象徴性が強調されている点で、ファロスの重要性とその象徴性を主張したフロイト心理学への連想を禁じ得ない。その連想があるからなおさら、巨大に起立した男根を滑稽で哀れみを喚起するものとする白石の表象に示される性の思想がその特色を際立たせている。

白石はファロスの重要性を脱構築するのだ。その性差文化構造におけるこれまでの象徴的重要性——ファロセントリズム——を認めた上で、ユーモアをもって揶揄することによって、女性の性的存在にとっての象徴的重要性を破壊しているのだ。ファロセントリズムは男性思想であり、男性の願望を言説化して女性に押し付けてきたものであることを、白石は、やすやすと暴露していく。スミコに男根によって覆われよ、男根は皆同じなのだ。一人の男のものではない。そのうち男根の快楽を自らも体現するかもしれない、と進言するのは、女性のファロス願望に対する逆説的な皮肉でもあり、男性的性思想に対する反逆でもあるのだ。

男根は　無数に生え
無数に　歩いてくるようだが
実は　単数であり　孤りであるいてくるのだ
どの地平線からみても
いちように　顔も　ことばもなく
そのようなものを　スミコ
あなたの誕生日にあげたい
すっぽりと　あなたの存在にかぶせ　すると
あなたに　あなた自身が　みえなくなり
時に　あなたが　男根という意志そのもの
になり
はてもなく　さまようのを
ぼうようと　抱きとめてあげたいと思う

（「男根」『今晩は荒模様』）

スミコは一人の男性をその人間の全てを求めることに自分自身の存在を託す「恋愛幻想」に生きている、近代の恋愛幻想に洗脳された「近代女性」なのだ。白石のペルソナは彼女が新たな存在意識を持つようにと、男ではなく男根に身を託すことを勧めているのだ。この場合の「男根」は自我の欲求を伴わない性そのものである。自我の達成のために性を重要視する男性的性ではなく、単なる身体の快楽であり、その性によって、女性の自我が征服や抑圧されるわけでもない。しかし自我の達成を目的としない性に存在を浸すと、女性自身も身体である「男根」の意志になるときがあるだろう。「男根」には皮肉な意味も込められている。

ペルソナ＝白石は、自我の欲望を抑えて常に男性的他者と一体化しようとしてきた近代女性のスミコが女性の性幻想から脱し、自我の欲望と他者との対立という性関係から抜け出して、自我の闘争を伴わない「男根」の意志とその身体的欲望そのものになることを勧めている。したがって、自身の存在意識も女性性も超えた「男根」には、女性が自ら抑圧してきた自由自在な性的存在への確信が含まれている。ファロスを持つ女性は脅威的な存在だと考えられてきたが、その既存概念の「男根」を脱構築することによって、女性のファロス願望もまた、従来の象徴的意味、つまり男性的自我への女性の憧憬と欲望を消し去ってしまう。男根は巨大だが象徴性を剝ぎ取られて無力なものとなった。女性にとって権威も、象徴的意味も失った男根は、なんとも滑稽で、可哀想でもある。
『今晩は荒模様』と『聖なる淫者の季節』はこのように男根の矮小化、あるいは象徴性を消去する。白石の女性ペルソナは男根そのものの物質的存在感を肯定し、また、哀れみを持って愛おしむ。その情は同じ性を持つ存在としての女性の慈しみとしか言いようがない。

おまえの魂と同じくらい
おまえのペニスを愛するだろう
おまえの筋肉のバネと同じくらい
おまえの心臓の感じやすい鼓動を愛するだろう
おまえの幼ない不幸と同じくらい　おまえのあどけないHappinessを
(……)
愛するであろう

(『聖なる淫者の季節』第一章)

もう一つの性――一瞬の歓喜に永遠を見る

白石の女性ペルソナ＝語り手は、もはや男根に自分の存在を託すことはないが、しかし、男根を慈しみながら、その身体性、物質性を肯定し、その旅に伴走していく。『今晩は荒模様』の最後にはユリシーズが現れてくる。ユリシーズは「家」に帰る、つまり自分の出てきたところへ帰るという目的を持ちながら、その帰路の途中で様々な誘惑や障害に出会い、なかなか家に辿り着けないで放浪を続ける主人公である。ユリシーズは国の英雄なのだが、旅の途中では、誘惑に負ける単なる男根である。その男根がなんとか生き延びるのは、定着の根源である家にいる妻の存在のためであり、また、途中で寄り道をする仮の家にいる良き女、代理妻のおかげである。

ユリシーズの象徴化はこの詩集ではまだ明確ではないが、やがて、「中国のユリシーズ」という一九七〇年代の代表作の一つにおいて、男根を超えたペルソナとしての意味を付加された白石世界の中心的な役割を担う人物となっていく。その形象化は、男性ペルソナに伴走して、船に乗って世界へ逃走し、探求の旅に出ていく『一艘のカヌー、未来へ戻る』によって明確になっていく。船に乗って脱出するユリシーズ像に関しては次章で考察したいと思う。白石の男根への「母性的」慈しみは、社会的権力の象徴であり、男性的自我の象徴的手段でもある男根思想を脱構築するだけではなく、「母性」の既存の象徴的意味をも解体する。白石のペルソナ＝語り手は男根から単なる身体的快楽を、いっときの癒ししか期待しない、性の欲望を持つ女性主体なのだ。権力の象徴である男根（＝男性的自我）を持つ男性との全的な関係の中に自らの女性の自我の成就を委ねようとする近代恋愛思想を無意味なものにする。恋愛ではなく愛を、一瞬の歓喜の中に永遠を見ようとする白石の性思想は、女性の自我・性的欲望と母性が対立し、自分自身であることが恋愛と対立する自己矛盾に陥る性思想から脱却しているのだ。

白石の性と自我の探求を切り離す思想は、結婚と性を分離し、種の保存と性の快楽を分けた性思想とは異なり、またヘルベルト・マルクーゼの提唱する性の抑圧からの自由、エロスに生命力の根源を見る思想とも異なっている。ケイト・ミレットが『性の政治学』で分析するヘンリー・ミラーやノーマン・メイラーをはじめとする性的抑圧から解放され、性の快楽に生命力を求める男性作家たちが、実は既存の道徳律を脱した性の自由を女性に求め、その上で女性の性の「征服」を男性的自我の証明手段にしようとする自我追求の思想を批判的に破壊していることは明らかである。ヘンリー・ミラーと同時代で恋人同士でもあったアナイス・ニンは女性のエロス、セクシュアリティを追求し、実践した前衛的な女性作家だが、彼女の自分の人生をかけた女性のセクシュアリティの多様性と未踏領域の探求は、白石の冷めたセクシュアリティの実践やその表現とは基本的に異なっている。アナイス・ニンを憧憬した白石は、その敬愛の念とアナイスの生真面目な女性セクシュアリティ探求の苦悩を出発点にして、その先の道を歩んでいるのだと思う。セクシュアリティと自我探求を分ける思想は女性のエロス思想にとっては新たな探求の道のりであった。

白石の追求する性思想は性を軽んじるのではなく、性は自我証明にとって無力であるからこそ、性を、そして性的生き物を慈しむという思想であり、いわば男根に対する無償の愛に近いのでる。それが白石の性思想が「自然への情け」という意味で「母性的」と見える所以であるだろう。

白石のペルソナは、彼女の肉体を通り過ぎていく、ニックやサイモンなどの若い男たちに、年老いた放浪者ユリシーズの姿を見ている。それは男根の無力さを表現している。古典物語の中のユリシーズ（オデッセイ）は、やがては故郷に帰り王の位置につく英雄であるが、帰国の途中女性の愛の誘惑に負ける脆い男性でもある。彼は一七年も放浪をして、彼の帰りを待っていた貞淑なペネロペのところに帰り着くのだが、自らの不貞にも拘わらずペネロペの貞淑を疑い悩む夫でもあるのだ。貞淑な妻無くしては英雄は存在し得なかったのである。

この貴種流離譚はハッピーエンドの試練物語の典型であるが、その次々と起こる試練が乗り越えられるのは、「善い女」と「悪い女（魔女）」に区別される思想の「善い女」の助けを得て窮地を逃れるからであり、英雄譚はその女性と恋に落ちて長年その土地に止まったりする恋愛物語でもある。男性的自我の頂点にある英雄の男性的自我を証明するのは、自我の主張と性の欲望を持たない「善い」女性なのだ。

ところが年老いたユリシーズには女性の自我と欲望を支配する強力な男根の力が欠如している。年老いたユリシーズの姿と重なってペルソナの目に映る若い放浪者たちは、女性の自我をねじ伏せる男根の力をすでに、あるいは、初めから、失っているのだ。放浪者は、政治体制から、異民族から、そして社会規範から、その男性性を凌辱されているのだ。

自分がユリシーズであることなど自覚もしない『今晩は荒模様』の「真夏のユリシーズ」はやがてアイオワで出会った詩人に触発された新たなユリシーズに変容していく。性を追い求める放浪者ではなく、故郷をもたない、帰る場所のない、自分本来の存在の場を見出せないディアスポラの原型として形象化されていく。そのユリシーズは「聖なる淫者」から脱出した現代人の典型でもあり、人間の原型としての故郷喪失者であって、白石文学の一つの到達点を表象している。

しかしそこに至るまでに、放浪者は船に乗って、もう一つ大きな旅に出ていかなければならないのだ。それが『一艘のカヌー、未来へ戻る』から『砂族』まで続く放浪の旅の世界である。同時に白石は多くの動物を主人公にした詩の世界を展開する。動物詩については改めて考察したいと思うが、人間と動物を同じレベルで描くユーモアに満ちた作品群は聖なる淫者のもう一つの展開であることは明らかなのである。

白石のユリシーズは男性の放浪者であるが、そこには常に女性の語り手が立ち会っている。それは「My Tokyo」からはじまる語る声と凝視する目、飛翔する想像力と瞑想する感性が分身的に内在している語り手である。白石のジャズのリズムに近い即興的な、即時的な語りのリズムと、対象とは距離を置いて、皮肉であったり、ユーモアに満ちていたり、哀れみに満ちていたりする批判的、内省的な思考の側面とが同居するペルソナの声は、性的生き物の末路まで見届けていく女性の声として、白石世界を構築する中心としてますます明確に定着している。

他者の欲望と快楽

白石かずこは「男根」(『今晩は荒模様』)で男根を権威から切り離し、単なる性器、限定された快楽を求める身体の一部に「成り下がらせた」。男根の快楽を求める欲望は極めて局地的であり、同時に永続性を欠いた一時性のエネルギーの衝動であり、欲求である。男根は男性の自我という、世界の中心を形成する普遍的な人間の主体を可能にする手段でもなく、権威や権力の手先でも、その象徴でもない。それは女性の性器を求める単なる性器なのであり、一旦性器がその欲望を満たしてしまえば、しばらくは欲望を持たない、胃腸と同じ身体の一部に過ぎない。

フロイトによって男性自我形成に根幹的な役割を担うとみなされた男根は、女性のセクシュアリティ支配の先鋒を担う武器である。女性のセクシュアリティ所有と支配を自我及び自己意識形成の場と考えることで、男根に権力（父）と威力（羨望）を与えることを正当化してきたのである。女性のセクシュアリティは男根を受け入れ、結果として子を産む、男根の持ち主の征服の象徴である。男根による女性性器の征服は、特定の男性が女性のセクシュアリティを支配し、所有することを意味するが、それは女性自体を束縛する結婚という制度によって正当化されてきた。

家庭内の女性のセクシュアリティは生殖と母性に収斂され、それは「女性」ではなく「妻」なるものの総体を意味するが、家庭の外の女性のセクシュアリティは男性にとって、快楽の対象であり、生殖のセクシュアリティの否定である。支配の場としての女性性器は快楽をもたらす場であり、それは女性の総体を象徴しない。

女性にとって性器は自我形成の場ではない。それは生殖の場であり、男性と同じく快楽の場である。したがって、快楽を求める男根を支配する場でもある。女性の性的快楽の場は性器だけに限らず身体に拡散して存在するが、性器は生殖の場であることが、男根を侵略と恐怖の武器として意識させてきたのである。しかし、妊娠も生殖も女性にとっては快楽でもあるのだ。その快楽を阻むのは社会・文化的な性規範と習慣、そして個人の意識である。

白石は男根と男性を分離し、男根を単なる体の一部である性器とみなし、そこから「男性」という権力と権威を志向する自我、「男性」という支配者としての象徴性を剥奪する。それによって女性の性器からも快楽以外の付属物を取り除く。性器と自我、性器と権力は分離されている。大きな男根を抱えてやってくる男は男根の欲望の達成に真摯であり、その意味で無邪気であり、可愛らしく、滑稽であり、哀れである。男根の欲望は男性の自我希求とは切り離されて、女性の恐怖や賞賛の対象にならないのである。

『聖なる淫者の季節』で白石のペルソナの語りの舞台はTokyoという身体内空間から、「部屋」へと移行する。その部屋とはベッドルームなのであり、そこは身体の外の空間であるが、いわば身体の延長であり、性の個人的な場である。そこでの主役はペルソナなのだ。ベッドは権力の象徴でもなく、権威を剝ぎ取られた男根が「永遠へ」「送りこまれる」場である。永遠とは「束の間」であると、そして「永遠とは消滅である」とペルソナは語り、ペルソナがその無名の男根の永遠と消滅を見守る「女神」でもあるのだが、それはそばで「復活」するまで眠り続ける「愛」であり、また動かずに永遠にそこにいる「刺青の薔薇」でもあるという。男根の快楽の永遠性と束の間性を、その一瞬で永遠の旅を見守り、伴走するが、刺青の薔薇でもあるペルソナの「愛」、慈しみの語りが「部屋」で展開される。それは身体的な生の営みではあるが、同時に、そこにのみ顕現される魂の営みなのである。

しかし、その女神は魔女でもある。その一瞬が過ぎれば、ペルソナは刺青の薔薇となって、肌の中に埋め込まれた動かぬ、毒々しく美しい誘惑の象徴となる。男根はそれに誘惑され、挑発されて、刺青の薔薇に命を与え始めるのだ。

『聖なる淫者の季節』は抒情性にあふれた連作長編詩であるが、それが「魔女」の視点でもあることが肝要である。男性的自我を破壊する女性は魔女なのだ。女神と魔女の両義性と一体化は、『聖なる淫者の季節』の世界を貫いている。火あぶりにされることが宿命の破壊的な性を司るペルソナは、それだけに恐怖と美、誘惑する身体を持って男根を愛しむのである。その抒情性は、ペルソナの男根の旅に付き添う「他者の目」が生む抒情性であると同時に、その旅がペルソナ自身の快楽の旅でもあるからだ。

男根の局地化

女性のセクシュアリティは男性のセクシュアリティによって、家庭内の女の生殖、家庭外の女の快楽の対象として分断されてきたが、白石は男性のセクシュアリティを生殖と快楽の分断ではなく、男根を男性自我と快楽の分離において性器、身体の一部として男性の象徴から無関係とし、男性の性の欲望を男根に局地化して、性の欲望を自我＝主体形成の欲望から区別することで、男性のセクシュアリティを分断した。男性自我や主体から切り離された男根はローカルな欲望＝快楽の場でしかなく、それ自体は象徴性を剝ぎ取られている。

男根の局地化は女性のセクシュアリティを生殖と母性の束縛から解放する。女性の性は、権力構造を持たない男根と快楽を共有することができるのだ。

それは花柳界での性の快楽の商品化とは異なり、自由交換であり、快楽の共有である。金銭で買える快楽は権力体制の中にある。そこには自由はなく、家庭内と同じ権力と権威構造が存在するからだ。女性のセクシュアリティが分断されて男性の快楽の場として局地化されているだけだ。自我の欲望から解放されて局地化された男根の欲望は暴力化する可能性を孕んでいない。白石は身体化された性を魂の探求と結びつけて、永遠と一瞬をその探求の終着点として明示することを通して、暴力化の可能性を無化していく。「ファロスではない男根」、それが白石の淫者の性なのである。

他者の自我や主体性への欲望は共有できないが、局地化された身体の快楽は共有することができる。女性が甘受させられてきたセクシュアリティの分断は男性的自我形成を女性の性の所有と支配に求める自我と性的欲望の一体化の結果であり、男根＝ファロスはその一体化の象徴として機能してきた。男性のセクシュアリティを自我欲求から分離することで、女性の快楽追求を男性のそれと同じレベルに、同じ舞台に乗せようとしたのが白石の試みだ。身体的性はたとえ自我追求の手段としての性から自由になったとしても、身体自体が、多くの規範、市場経済での商品化、政治権力、言説的呪縛によってがんじがらめにされてきた。

その試みに白石のペルソナは女性の伴走者の他者性で付き合うのではなく、ペルソナ自身の身体の解放を求めている。それは女性身体の真摯な探求であると同時に、自らが女性ユリシーズになっていく過程でもあるのだ。それは快楽の等価交換と他者への付き添いが『聖なる淫者の季節』では同居しているからである。淫者の旅はペルソナ自身の旅であることがここでは明瞭である。しかし、この七章からなる物語詩はその季節、春、夏、秋、冬が終わりに近づくに従って、ペルソナ自身の変容を明らかに見せてくる。

しかし昨日は
すでに　永遠だった
帰ってこない日々は
百日も千日も　むこうで　煙になっていた

わたしは　煙がときどき
火となり　すすりなくのを聞いた
熱い地獄の涙が
マタの間を　ゆっくりと流れ
祖先の精の霊のむこうへ
ハミングしていき
虹となる

（『聖なる淫者の季節』第一章）

淫者たちは来ては出て行き、また帰ってくるものも、去って行ったまま帰ってこないものもいる。ペルソナの部屋は無名の彼ら「淫者」の快楽の場であると同時に、ペルソナが「淫者」となる場であり、その「永遠」「一瞬」の移り去りの場なのだ。

それが、白石の詩が、あるいは白石の生き方が淫者であるような誤解を招いてきた要因だと思う。セクシュアリティの自由を実践する女性は、火あぶりの刑に処せられるべき魔女なのだと。

白石の「淫者」とは、従って、権力ある性でも、バッカスのような快楽主義者の性でもなく、他者と共有できる性の快楽を求めるものたちで、それはあたかも霞を食べるかのように禁欲的であり、一瞬で消えてしまういのちの息吹でもある、男根の快楽が過ぎれば、性を介しない自我の追求と苦悩を生きる単なる男性に帰っているかもしれない。フロイト流にいうなら、ファロスは権力の象徴だが、ファロスの欲望は達せられた試しはないのだ。

弱きものへのまなざし

『聖なる淫者の季節』の後、白石のペルソナはカヌーという一人乗りの脱出船に乗って、さらに大きな外界へ、外海へ出て行く。地下鉄から海へ。郊外の家から外国へ。そこには自我の欲望を抱え、自己存在の証明が不可能なために不幸に陥っている多くの男性芸術家、詩人、亡命者がいる。白石のペルソナはそれらの亡命者の伴走者である。彼らの欲望を理解するが、共有はしない他者である。しかし自我の欲望の敗者への同情は、ペルソナを彼らの旅、亡命者の逃避行に付き添い、その語られぬ内面をある時は突き放し、ある時は慈しんで、語ろうとする道連れならぬ道連れにしている。

白石の詩は表面的には一貫して他者の旅の伴走者の語りである。その語りは女性というジェンダーを曖昧にして行く過程にある。男として敗者の自意識に打ちひしがれる旅人を癒すセクシュアリティをペルソナは持ち合わせていない。しかし、彼の身体と魂の快楽を共有するものとしてのセクシュアリティを持っている。その傷を共有し身体的な快楽を通して一瞬の蘇生を与える「母体」のセクシュアリティと言えるものである。他者の内面を語れる一瞬はそこにだけ訪れる。亡命者、革命者の貶められた使命と自我＝主体性の挽回に心を傾ける旅人は、自身が女性ユリシーズとなっている。ペルソナはその欲望を共有せぬ他者であるばかりだ。

白石の弱きものに向けられる語りは動物にも向けられて行く。そこでは弱者の快楽を共有する感性が、理解とユーモアが、セクシュアリティが快楽を喚起すると同じような強烈なインパクトを持って読者を巻き込む。動物はその身体を人間の思うままに支配されて革命も起せぬ弱者だ。しかし、その魂は奪われてはいない。

人間の真剣すぎて緊張に満ちた関係を、自我や権力から距離を置いた視点から眺めると、どこか滑稽だが、その中に真実が見えてくる。その真実を白石は動物に託して表現する。『動物詩集』は人間模様を動物に託して描いたユーモアに満ちた人間批判の集成だが、動物たちは滑稽だが自由な表現者で、思ったことをズバリと言う。動物が人間に対して弱者であることが、その弱者の心の自由とおろかさと闊達さが人間が失った関係における無垢をあらわしている。動物の観察眼と自由な話ぶりが、人間関係を相対化する。

愛してるっていったら
愛してる

憎んでるのっていったら
憎んでるの

もう　別れようかっていったら
もう　別れようか

いつも　いつも
あなたは　オーム

わたしの　コトバを
あんまり　そっくり　マネるから

わたしたち　ホントに
別れるハメになったのョ

（「オーム」『動物詩集』）

ぼくは吸血鬼
ぼくは　かなわぬ恋に復讐する
この世で　一番ケチな野郎（やろう）

美しい女が　むづかって
顔をしかめて
すこしばかり怒って
やっと　ぼくの存在に気づき
それから殺意を抱き
おもむろに
その鋭いマニキュアの爪を

のばすときこそ
ぼくの
快楽は　はじまる
いのちがけの　隠れん坊しながら
血を吸っては　逃げる
ぼくは　サディスティックな蚤野郎さ

（「ぼくは吸血鬼・蚤」『動物詩集』）

淫者の詩も動物詩も十年の年月の後に再び書かれるが、それらが大きく姿を変えているのは、ペルソナのカヌーによる部屋からの脱出の旅以降だからだろう。一九八〇年代に入ると、白石の詩は、その語りは、さらなる広い世界へ、そして、人間の欲望と快楽の果てへの旅は、その旅の風景に点在する微視的な点のように描かれていく。欲望と快楽もすでに過去の記憶の中にあり、ペルソナの語りは暮色の中の聖人たちの旅の終わり、季節の終わり語りとなっていく。

旅の変容と女性のナラティヴ

白石かずこの詩のペルソナの語りは、女性であることを意識させない、ジェンダー性を持たない語りである印象を与える。長編詩は物語のナラティヴ性を持たない独白的な語りで成り立っている。白石は、男根を持つ、自我を貶められた男性放浪者に付き添っての旅を語るペルソナを創造したが、それは性的同伴者ではなく、白石の言う魂の同伴者であり、はぐれものの同志としての道連れであることが、『聖なる淫者の季節』以後はますます明らかになって行く。身体と精神としての女性性は深まっていき、語りの言葉自体からは薄れて行くのである。

言葉と女性性は分断できず、ナラティヴの中で一体化し、融合されていくのが、白石の旅の語りと表現の特徴なのである。

女性詩というカテゴリーがあるかという問いと、女性詩を成り立たせる要因の考察には、「女性とは何か」という女性自身によって女性自身に向けられた問いに加えて、女性の性に関する女性自身の思考の目ざましい変化と幅広い展開が伴わなければならなかった。女性詩というカテゴリーが成立するのは、ジェンダー思想の展開と切り離せない。つまり、女性であること、性を抜きにして自己の存在に向き合うことはできないという認識、性的存在としての感性と想像力を詩作品の根底に見出すことによって、創作行為の原動力に性的存在としての自己認識の必然性と不可欠性を批評するという、読む側の受け取り方、つまり批評の実践の展開がなければならない。たとえ詩人自身は女性を意識して書くわけではないとしても、「女性詩」というカテゴリーが二十世紀現代詩に特徴的に存在するのは、女性詩人の詩作品と創作行為に詩人の「女性であること」の意識・無意識を読み取り考察する読者側の視点があり、また、たとえ詩人自身が自ら認めなくても、作品が歴史的なジェンダー文化構造の変容を反映している、つまりその所産でもあることを批評が認識するからである。

戦後女性詩の展開には、女性詩人たちが創作の原点とした「個」であること、女性という個はジェンダーを超えた存在であるという信念によって直面することを回避してきた、性=セクシュアリティとの対峙がある。性との対峙は、何よりも自分のセクシュアリティ、そして次は女性という性、そして男女の性的関係性についての課題であった。それは男性のセクシュアリティとは区別された女性のセクシュアリティの探求であり、近代の平等思想の先に見えてくる差異の思想へと展開していく過程でもあった。女性のセクシュアリティは男性のそれとは異なるだけではなく、セクシュアリティそのものが多様性を本来的に内在させている。

白石の作品が戦後詩のみならず、近代女性詩を成り立たせてきたそれまでの個人というカノンを超えて、新たな現代女性詩のカノンを形成していることをこれまで論じてきたが、それは白石が女性の性を自ら生きることで、性の差異と多様性を表現の地平線に引き出し得たからであるだろう。女性というジェンダー、女性のセクシュアリティが、男性のそれと区別されて考えられ論じられる限りにおいて、女性詩は自明なものとして存在してきた古いジャンルだった。近代平等思想は、詩表現、芸術創作をその分類化、分断化、ゲットー化から解放しようとしてきたが、同時に女性自身が性的存在としての自己に向き合い、身体を持つ女であることを課題とし、また創作の原動力に据えるようになるに従って、「女性詩」は新たに再生したのである。性を回避あるいは無視するのではなく、性を生きることを通して、男性のセクシュアリティとは異なる女性のセクシュアリティの複層性の認識とその表現への道を開いたのである。

既存の女性のセクシュアリティ思想の頂点には、すでに象徴化の手垢に塗れた「母性」が存在する。神話化された母性概念は、男性思想の頂点に神のように超越的に存在するのだ。戦後女性詩は母性思想、母性の象徴化の解体による性文化の変容の道を開いていく。妊娠、出産、そして子育てという実践を、神話化された「母性」思想からの離脱、その象徴性の解体へと導いていったのはフェミニズム批評だが、白石は理論的・理性的な観念ではなく、言葉の指示する意味や価値を通してでもなく、詩的自己表出の具体性、即時性と自己超越性をあわせ持つ語りを通していったのである。女性の性思想の解体と女性自身のセクシュアリティ実践の道程を、男性思想とジェンダー文化の中で賛美され賞賛された「母性」の呪縛から自由にすることとは、女性にとっての難関であり、思想的アポリアでもあった。吉原幸子はジェンダーとセクシュアリティを切り離し、伊藤比呂美は産み、死を看取るいのちの母性を実践することを通して、その難関を突破していこうとする。

白石の詩世界が「My Tokyo」からさらに新領域へ進展していく過程で、その変容を定着させていく作品を、（1）「聖なる淫者」「男根」という独自なメタフォーの形成により既存の男性ジェンダーとセクシュアリティの矮小化と脱象徴化による解体。（2）性的存在としての女性探求者、女性の放浪者の新たな原型の創造。（3）女性ペルソナの直接的、即時的語り、声、動きそしてリズムと共存する凝視、瞑想、皮肉、ユーモアを含む批評の目を両義的に持つ「語り手」の形成。（4）それを支える詩人の個人的な体験と多くの他者の経験、歴史的体験、場所と記憶を総合する表現空間の創造、の四点に焦点を絞って考察した。そこでは白石の果敢な性に関する思想的な挑戦と実践が底流を支えている。その実践とは移動し続ける女性の身体の旅である。

白石の性の肯定は、性ある生き物の「現実」の肯定であり、それは大掛かりな生命力の源泉として、抑圧から自由な文明を可能にすると主張する男性的エロス論とは異なって、自然なるものへの情けなのである。女性の性の欲望を肯定しながら、生と死の狭間を生きる性的存在の悲しみと孤独、存在の「現在」という時を生き残る原動力としての性を、慈しみ、ユーモアを持って見つめる。これまで無視され、さまざまの言説によって支配され、社会的制裁の不安と恐怖にさらされてきた、女性の性に対する感性と想像力なのである。それは女性表現の内包している反逆性、批判と言説解体の意思の所産なのである。

さらに白石かずこの女性視点による語りには、抑圧された女性自我の自己主張も、性的欲望の達成願望も、直接的自己表現＝私語りへの欲求も前景化されていない。その語りは即時性と、凝視と瞑想が作る距離感によって構成されている。ここ、今、という現在性と、記憶の持つ自己超越性が一体化した、象徴性に満ちたテキストを作り出し、白石が求める「永遠」を顕示する表現空間を構築しているのである。それは男性的自我が中心を占めない表現空間であり、ファロセントリックではない性が生命の現在を「憐れみとユーモアのある愛」によって無意味から救済され続ける世界図を表している。

このように白石の女性自己表現は、直接的な「私語り」による自伝的な自己表現と、「女性という個人」の脱性的表現を探求した近代女性表現を通過して、その先の領域へと女性表現を牽引していったのである。

　白石の女性表現は、本来的に詩が用いてきた詩人の声＝詩の語り手という構造を解消し、語り手の二重構造を、そして語りの複層構造を、瞑想する場としての内臓（子宮）という女性の身体の宇宙に広げていくことで、普遍的な母胎を内包する女性空間を構成している。

　その方法は、大庭みな子が戦後の女性表現空間を、伝統的な女性ジャンルである物語の持つ多声性、語りの非人称性を強調した、新たな女性語り手の形成とその語りを創造した方法とも、富岡多恵子の書き言葉と語りの狭間にはぐれものの精神の表現空間を創造する方法とも似ている。そこでは語り手は複数の他者の話を隠れ蓑に、他者の声の中に自分の声を分散させる。新たな「物語」として女性の自己表現の道を開いた大庭みな子の手法は、自己と他者の内的世界の表現を目指す詩の方法であり、逆に白石の詩は物語表現に近いと言えるだろう。

『今晩は荒模様』『聖なる淫者の季節』以後、白石の男性放浪者とその女性伴走者＝語り手は、海と空そして地の果てへと放浪と語りの旅を続けて、現代女性詩の世界を普遍的な、性的であってもジェンダーレスな世界へと展開させていく。そこへの道は、女性のセクシュアリティの実践を通して男性的自我、その性と語りを脱構築していくプロセスなのである。そのプロセスはまた、男性自我の欲望を内面化した女性の欲望の解体プロセスでもある。「男根」で語り手がスミコに自分が男根、局地化された快楽の主体になれと言う、女性のファロス願望を無化し、解消していくプロセスが、白石の性の放浪なのだ。

白石かずこの旅は地下鉄の動きとともに始まった。そこに席を構えたのは女性の身体、子宮を持つ母体であるが、白石自身の身体は動かないので、旅も、母胎としての女性の身体も観念的である。旅は地下鉄の動き、その轟音、身体に伝わる音波のリズム、そして出たり入ったりする傷つけられた亡命者たちの心を捉える、語るペルソナ自身の感性の息遣い、その言葉によって続けられ、表出される。

白石のペルソナの身体が実際に旅という身体的移動をするのは、性を介してである。部屋の中の性で、そして、クラブでの踊りを通して、身体は少しずつ観念を離れて、具体的な、固有な移動を始める。しかし、彼女の身体が、外に向かって開かれ、固有の性と生から、歴史や物語の中の言説に回収されない生と性の痕跡へと、そして外部に現存する他者の性的な生きる喜びと屈辱へと向かい、その身体的旅がいのちの根源へと母胎としての身体を突き進めていくのだ。

白石の語りの言葉、そして詩的言語は、その旅から生まれてきた、旅の総体なのである。その言語は思想の言語ではないが、一貫した感性が捉える生きることの精神性、詩人自身の意識の総体なのだ。そこには思想と感性、理性と感情の分断は見えない。現実の生の固有性と普遍性の矛盾も、また詩人と生きる女性との分断もないのだ。気位の高さと、名も知らぬ人と交わり、愛される自然体の白石の間に矛盾はない。

白石はあたかも心の赴くままに、無邪気に、はぐれものたちに伴走し、彼らを道連れに、彼らの闇に深く入っていくように見えても、それは、彼女にとって詩を書くことの一貫した感性が生み出す詩的言語の旅だからなのであり、それが砂漠の中の洞窟という、暗闇を抱えるいのちの起源の場、母胎への旅なのである。白石の旅と語りは白石の自己意識と意図された表現を超えて自然に表出されてくる、と読むものが感じるのは、その旅が固有な記憶、歴史、物語を含む現実の総体を、雄々しい戦者も無数の小さなカニも生み出す母胎へ向かっての女性の身体の旅の中に見つけるからであり、いのちの思想、あるいは意味をそこに読者が見出すからである。

第3章　帰還者と亡命者

異邦人としての自己意識の形成と「いのちの原風景」への旅

聖と俗の融合

『聖なる淫者の季節』（一九七〇）は白石かずこの詩作の一つの頂点を形成する詩集である。歴史の闇の中に置き去りにされていく異邦人＝放浪者たちへのいわばレクイエムと言ってい い「My Tokyo」では、その者たちの生の放浪が、女性の身体内という暗く閉ざされているが、しかし他者への愛のある宇宙を舞台としていた。そこには救済は見えないが、語り手である女性のペルソナは、自らの身体内に放浪者たちの絶望や苦悩、そして悲しみを包み込むことを通して、その者たちとともに放浪する存在としての自己、同じ放浪者としての自己存在を認識する。近代都市の地下の闇の空間でもあるその宇宙は、女性の、そして自らの、体内空間であり、深層領域でもある。ペルソナは自ら深層領域を放浪する者として、異邦人たちとの一体化、同一化を自己の存在意識として認識していく。

しかし、「My Tokyo」の放浪者たちはペルソナの分身ではない。ペルソナの内的空間＝テキストには、「語るペルソナ」の他に、その空間内に座り、放浪者の実存について凝視し、瞑想する者としての「沈黙するペルソナ」が存在する。歴史に取り残されて、消されていく者たちと、その生きる時間、文化的空間を俯瞰する視点である。その者たちから距離を置き、自らは瞑想する視点も、同時に配置されているのである。その瞑想し、凝視する釈迦牟尼としてのペルソナの救済力の欠如が、語るペルソナの外部空間への放浪の旅へと突き動かしていく。

『聖なる淫者の季節』は、白石の〈黒人時代〉とともに開花した表現の世界であり、その根底には、日本におけるアメリカ軍基地の黒人兵士、世界歴史の「はぐれもの」の発見があるだろう。黒人兵との出会いが、白石の新たな思想的な展開を可能にしたのである。基地の黒人という「はぐれもの」は、具体的、個別的愛人としてペルソナに関わってくるのであり、白石の語り手の女性ペルソナは、それらとの性的な関係の中で「はぐれもの」の根源的な意味と位置付けを認識していく。

この詩集に収められた作品は常に愛と別れの物語に貫かれている。永遠を感じる愛の瞬間は同時に性の快楽の終わりの時間でもあり、性的パートナーとの別れ時間であるかも知れず、従って作品の世界を構成するのは終わりと別れの時間である。永遠は聖なる時間であり、快楽は俗の時間である。「聖なるもの」と、「俗なるもの」、生と死の交わり合う瞬間をペルソナは求め、黒人ペルソナはそのパートナー、道連れなのである。放浪者の魂の探求の旅の主役はここでは女性ペルソナなのであり、その伴走者は、むしろ本物のはぐれものである黒人ペルソナたちなのだ。この詩集では旅とその道連れの関係が、放浪者とその伴走者の関係が、「My Tokyo」と逆転しているのである。

生の現実性の感覚をもたらす身体的性の快楽は、いわば生々しい「穢れ」の時間でもある。永遠は愛の神話的世界の啓示であり、それは遠くから波のように押し寄せてくる「予感」を常に愛の現場に予兆させながら、実際には到達すると同時に一瞬のうちに消え去るのだ。生きる時間と存在感が、聖なる永遠の時間の啓示と一体化する瞬間を、白石は「愛の」時間と呼び、それは聖なるものの顕現する一瞬の時間なのである。快楽は生の現実であり、生きているという実在感覚を顕在化するが、それが可能になるのは、性の快楽から、自我の欲求を消し去ったときにのみである。実在感としての性の快楽が、他者の性、中でも弱者の性の支配、その所有、陵辱と差別による自我の形成と達成から切り離されて初めて、性の快楽は、それ自体が生きる命の意識を実存意識にまで導いていくことのできる、現実感、実在意識となりうるのだ。白石の女性ペルソナが徹底して行うのは、男性的な自我欲求を性の快楽から引き離すことであり、その性の可能性を、異邦人意識を内に持つ「はぐれもの」たちとの性に見出したのである。

白石のペルソナは、性から男性的自我希求を排除し、快楽を欲望から分離させることで、男性的自我の探求から女性の性を引き離した。そこでは男根は最早男性的自我のメタフォーではなく、男性的主体形成への欲求を担うものでもなく、世界の中心への手段でもない。男根は白石のペルソナとの関係において、その男性的自我の器官という意味を剝奪された、単なる身体的快楽の器官となる。ペルソナが性的快楽を求める男根を憐れみ、笑い、揶揄し、愛しむ空間、ペルソナ自身も男根を求め、それを愛し、それとの別れを悲しむ空間、それが、生きることの原風景、つまり「いのちの原景」として立ち現れてくるのが『聖なる淫者の季節』のテキスト空間である。

ここでは性を介しての支配も被支配もない。ペルソナが見出す「黒人」は、どのようなシステムにも支配されない自由を、ジェンダーや人種、階級のシステムからの自由を白石のペルソナとの愛に見出し、享受する。全てのシステムから、そして固有の歴史と文化からの「はぐれもの」、異邦人であるからゆえに、彼らの性の快楽は、その生の現実と軌跡とともに、どこにも記録されることも、歴史に刻まれることもない、常に闇の中に置き去りにされていく瞬間なのである。だからこそ、そこにだけ根源的な自由があり、分厚い層を持つ様々なシステムや文化の意匠に妨げられない、生きることの原型、生の野性が現れるのだ。白石のペルソナは自身もはぐれものとしての性を通してそれを可能にするのである。そしてそこに「愛」の現れる瞬間、歴史（過去）と現在、実存と実在、聖と俗の一体化する「永遠」の啓示と感知の場が、言葉の誕生する場であり、詩のテキストなのだ。

かつて、アレン・ギンズバーグは時代に巻き込まれて自滅していく、時代の最良の精神へのオマージュを『吠える』で歌い、白石の「My Tokyo」はその影響下にあると言えるだろう。しかし、『聖なる淫者の季節』は単に歴史の闇に葬られていくはぐれものたちへのレクイエムではなく、ペルソナはかれらとともに時間を共有し、自らの生の実感を求める旅人として、彼らとともに旅をする者となっていく。「本物」のはぐれものを伴走者としながら、傷を抱く内面風景で生きる、生き残るいのちの原風景を見る場へと、その旅の位置付けとペルソナ自身の存在探求の旅へと、語りのあり方を変えていく大きな転換を展開している。それは都会から別の場所へ放浪の舞台を移すことでもあった。

その旅の空間は、いのちの原型としての野性の奪回の場とも言えるだろう。野性としての「性的なるもの」を白石のペルソナは『聖なる淫者の季節』で見出し、自らも瞑想する者から放浪する者、生きる時間を性的快楽に凝縮していく異邦人の魂の放浪に、黒人ペルソナを道連れにして、ともに放浪する者となっている。

白石の語る女性のペルソナは一見自らは性的なるものを求める旅の主役ではないように見える。愛人はペルソナの元に来てはまた去っていく。彼女は「自らの部屋＝寝室」というプライベートな居場所を動かずにそれらを待ち、受け入れているように見える。はぐれものたちが性的なるものに生きる実感を求め続ける放浪の時間に、彼女は付き合って、それを慈しんでいるように。

すでに
わたしは　入っていた
聖なる淫者の季節　4月に
没入する神の　失落に満ちた顔を
わたしは　太平洋の西でみた
彼は　わたしの前にあり
声を　とどかない一本の
電話機にねかせて
永遠へ　去っていこうとする
永遠とは　消滅であった

（『聖なる淫者の季節』第一章）

愛の瞬間に見る「永遠」とは「消滅」であるならば、ペルソナは、この寝室という内的空間で、愛の果ての死、永遠という消滅を、経験することを希求しているのだと、解釈することができる。それは永遠という一瞬との情死でもあると。しかし、この始まりから、第七章まで季節は変わり続けるのである。季節の移り変わりを通して、語るペルソナは、異邦人の伴走者としてだけでなく、自らも異邦人として旅に出ていく。その変化を、かつては分身であった、瞑想し、凝視し、沈黙する釈迦牟尼の変容に見ることができる。救済能力を失った、頭を下げてうなだれる釈迦牟尼は、ペルソナの淫者の旅では置いていかれるが、仏陀はやがて、「地獄からの使者」として、ペルソナの前に立ち現れてくる。死の行列とともに現れる男の姿となってである。美しい姿で、蝶々のように女を取り込む地獄の使者は、天使ミカエルに敗れて地獄に突き落とされた魔神のように、復讐にやってくるかのように現れるが、彼は誘惑するもの、しかし同時に全くの地上の人間、「俗物」でありながら、俗なるものの意味すらもわからない無意味な存在、男、なのである。

犯罪の香水を常用するリアリストだ
仏陀こそは　リアリスト
地上の人だ
地上を這う　勤勉で　怠惰で　無能で　愚鈍で　生一本で　ワイザツな　蟻たちにまざり

狡猾に　すばやく
生き
〝快楽の幻想〟をかすめとる盗人だ

（『聖なる淫者の季節』第七章）

現れた男の仏陀とは異なって、「淫者の季節」に入っていった語る女性のペルソナの俗なる「性の快楽」を求める放浪は、ペルソナ自身の本物の「はぐれもの」、つまり男社会の周縁に押しやられた異邦人の中に「俗なるもの」の根源を見つけ、ペルソナ自身の異邦人性を認識し、それを確かめていく旅に入っていったのである。家父長制家族と社会で受けた女性の自己喪失、「内なる傷」を抱えた自らの「異邦人性」の意識を深めていくことを通して、男性的自我欲望である性に傷ついた「惨事」のその後、傷の痕跡を抱えたままの魂の、その後のあり方を探求するのである。それは消滅まで「いのちの原景」への旅をすることとなのだ。

しかし白石のペルソナはあくまでも「語る者」であり、その旅は言葉を生んでいく旅なのである。「My Tokyo」での凝視し、瞑想する分身は、彼方へ引き下がり、語る分身、動くペルソナの旅のリズムが詩テキストのリズムを形成していく。

「凝視するもの」と「語るもの」というペルソナ自身の分断は、ここでは消し去られている。

分身は他者としての本性を露わにしたのだ。ペルソナは求め、嘆き、愛し、慈しみ、別れを悲しみ、哀れみ、ノンシャランに突き放し、絶望し、孤独を生きる。その語りは「My Tokyo」の地下鉄の轟音やざわめきが消え去った部屋、愛人と二人だけの空間で、身体の快楽のリズムと、内的な、魂の求めるリズムに満ちている。いのちの原景を浮かび上がらせるそのリズムは、彼が去った自分一人の部屋での独り言のリズムへつながっていく。したがって、そのリズムは新たな瞑想のリズムでもあり、無力な釈迦牟尼の沈黙はもうそこには存在しない。あるのは聖なる淫者の内的なビートだけなのだ。

白石の発見した「本物」の「はぐれものたち」はアメリカ軍の基地に住む黒人たちだ。白石自身の黒人兵たちとの「恋」はよく知られているが、白石の詩世界では語る女性ペルソナたちの、男性はぐれものたちとの同化と距離のドラマは、関係の記録ではない。そこには新しい物語ならぬ物語と語りの可能性の展開があるだけだ。愛人たちは自ら意識する、しない、には関係なく、アメリカ社会からも、男性自我システムからもはぐれたものであるがゆえに、ペルソナとも性の快楽の実在性、現実性に徹することができ、いのちの本来的な姿、その「野性」の見える「いのちの原風景」を啓示するのであり、ペルソナはその啓示の瞬間に立ち会うことができるという、白石の新たな旅の物語の世界を展開していく。その物語を開くのが、ペルソナの「淫者の語り」なのである。

『聖なる淫者の季節』には「聖なるもの」と「淫なるもの」の一体化、つまり聖と俗、という二律背反的な概念に対する反論が底流をなしていることは明らかで、白石はその一体化する姿を「聖なる淫者」に託そうとする。淫者という言葉はただちに隠者を連想させる。淫者の背後には隠者がいるのである。隠者とは俗世界を捨てて、森や山に一人暮らす者を指し、俗なる人間の欲望から自由になって生きる存在のあり方を指し示す。隠者は俗なるものから身を離すが、それがそのまま聖なるものに結びつくとは限らない。しかし、俗を離れたその先には、身体的な欲望と生きる現実の欲求、そして何よりも自我の欲望から離れて、聖なるものに近づいていく道が暗示されている。

隠者はまた全ての身体的快楽を捨てるとは限らない。酒を飲み、笑い、歌い、生きる命のありのままを受け入れて楽しむ、という俗なる隠者もいるし、詩人や芸術家の中には、世俗の欲望を捨てて人里を離れて暮らし、真の美を求めるものも多く、市井の出家僧は寺に入るのではなく、俗世界での生活の中で聖なるものに近づく修行をする僧侶である。そこに共通するのは自我欲求からの解脱である。その意味で、「聖なる淫者」は、性の快楽=「俗なるもの」に徹することにより「聖なるもの」に近づくという逆説的生き方を通しての、聖と俗の二律背反思想への反措定なのだ。

聖と俗、ハレとケ、あるいは「穢れ」の浄化は、宗教的な概念であるが、文化的な再生の概念でもあり、そのための儀式（例えば祭り）は現在の社会でも引き継がれている。性の快楽を穢れとみなし、性の快楽を求めるものたちを野蛮な異邦人として秩序体系から排除、あるいはその周縁に位置付ける思想に、白石は真っ向から反論しているのである。その思想の根底には一神教の神につながる男性的主体概念があるからだ。動物や自然、そして女性の性、身体的器官とその欲望行為を秩序体系の下位に位置付ける精神的、知的男性主体の概念に対して、性の快楽を通して生きる実感を得ようとする行為を、命あるものの野性の姿として肯定し、生きる時間の現在性に自己存在の実感を感受しようとするのだ。それは原初的な情動を、「いのちの原風景」の中に捉え直そうとする思想であるだろう。

白石のテキスト宇宙では「聖なるもの」は「永遠」と表現されるが、永遠とは、現実的時間とそこにおける経験を超えた生の真実の相であり、実存の認識である。それは愛の瞬間でもあると同時に消滅の瞬間でもあると白石のペルソナはいう。一方で淫者とは、俗なること=性的なることの徹底した追求者であるが、それが「淫」であるのは男性主体が構築する理性秩序システムから逸脱するからである。俗とは身体的快楽による生の実感の追求であるが、その実感は一瞬にして消滅するので、一瞬の生=快楽の後には死がすでに身を構えている。身体は知的精神より卑しく、身体は朽ち、死は穢れなのだから遺棄されるべきであり、社会的下位にあるものたちが接するものなのだ。性的なペルソナは俗なるものの極限を表しているが、それは生の極限を通しての死、俗から聖への逆説的道となる。快楽が、自我の欲望を脱した純粋なる自由の生を希求する衝動の発露である限りにおいてである。

伴走者からユリシーズへ

『聖なる淫者の季節』以降、白石のペルソナは瞑想する男性的釈迦牟尼の視点を置き去りにして、都会、地下室、そして部屋に象徴される女性の身体的内部－内面を離れ、その外部へ他者を道連れに出ていくことを通して、移動する身体へと変容していく。部屋＝寝室からの旅立ちである。七年の淫者の季節が「次なる季節」へ、移っていったのである。その季節には新しいリズムが生まれてくる。

『聖なる隠者の季節』では女性の身体内部空間に異邦人との性を介してリズムが生まれてきたが、部屋から一艘のカヌーに乗って外部の空間へ出ていく次の季節では、即興的ないのちのリズムが、性的なるものの抱擁と同時に、自らの性的淫者生との決別の旅のビートに変容していく。自らの身体の内部に熟成された存在のリズムが、そのビートがいのちの原景を求めて、淫なるものの季節を通り抜けた次の季節の世界、部屋の外部で見届ける旅に突き動かしたのである。

そのリズムは語る言葉と一体化している。世界の多くの異邦人たちとの出会いで生まれる言葉の氾濫が白石の新たな表現を生んでいく。それはすでに表現の場、芸術世界での生き残りの旅でもあるのだ。白石の女性ペルソナは伴奏者（＝伴走者）としてだけではなく、世界を見極める者として、彼らとともに生き残る、あるいは生き延びることを「語る」という旅に自らを託しているのである。それはすでに旅する主体と他者の旅の道連れという、自己と他者、主体と客体の区別が判然としなくなり、互いに混じり合う旅であり、唯我独尊、絶対者、聖なる者として、世界の中心となることを希求する男性的自我のシステムからの完全なる離脱である。それは身体的移動を通しての異邦人の言葉の旅なのである。

黒人の愛人たちがどのように生き延びていったかは不明である。しかし彼らの内面は歴史の中での死者の内面と同じく、権力者の記録に残されないし、歴史の記憶にも残されない。だが、彼らと「淫者の季節」を共にした白石のペルソナは、彼らの生きる実在を、身体と心のリズム、そのビートの記憶に乗せて、性と快楽を介した生々しく、激しい感情劇でもあると同時に、思想劇でもある詩の空間に刻みつけたのである。そこでは他者との同化への希求と、他者と自己との距離の消えない現実が、常に知的な思考とユーモアを作り出す。愛と別れ、永遠と一瞬、聖なるものと俗なるものが渾然としながら、決して猥雑でも混雑でもないユーモアによって突き放された言葉の宇宙を作り出している。

白石自身は初期の詩創作から日本社会での異邦人性を表現の根拠においているが、その異邦人性が、世界の異邦人という寓話的な認識に昇華されていくのは、この詩集に収められた黒人ペルソナとの出会いからである。『一艘のカヌー、未来へ戻る』で新たな表現空間を作り出していく。

やがて白石の放浪者、異邦人への視点は新たなステージへと展開し、それは『聖なる淫者の季節』のペルソナの自己意識の起源を探して、野性としての性的存在（黒人の愛人、淫者）への同一化の旅から、『一艘のカヌー、未来へ戻る』（一九七八）での部屋＝寝室を出た女性ペルソナ自身の世界への旅、そして、その旅の終着点としての「砂」の発見に行き着く長い旅へと展開していく。自己存在意識の探求の旅の転換は詩集『砂族』（一九八二）に結晶していく。

『一艘のカヌー、未来へ戻る』では、白石が海外の詩人たちとの集まりへと出ていくことが多くなり、日本というローカルな生きる場所から世界空間の中に自分を置き、そこで思考することが本格的に始まっていることがわかる。白石かずこの思考の拠点はもはや日本でもTokyoでも、自分だけの部屋でもなく、世界、そして詩的魂の生き続ける、時間と空間を超えた「詩的宇宙」へと移行している。

「一艘のカヌー」の旅は世界の詩人、亡命者、放浪者との伴走の旅であるが、ここではその旅、脱出の旅が、カヌーという最小の舟に乗っての旅であることが、重要である。世界へ脱出していくのは、そこに乗っている顔の見えない亡命者とペルソナだけなのである。都会の部屋の中での探求の旅が、その外部へと船で漕ぎ出でていく旅へと展開することで、すでに思考と想像力の場所性、ローカリティの現実性が薄れ、そのために抽象的な現在性が強調されていく。その象徴性と具体性、神話的かつ現実的な時間と空間の中での実に饒舌な語りが展開されるのだが、それが二人乗りの狭いカヌーでの語りであることが象徴的なのである。同乗者の顔は見えず、その影だけが旅の道連れなのだ。その旅はやがて、アメリカの砂漠での砂の発見から、新たな瞑想=思考の方向へ移行していく。思考と想像力が分離していた白石の初期の作品から、淫者の季節とカヌーの旅を経て、白石のペルソナは、思考する放浪者の異邦人性を増していく。釈迦牟尼との分断はこの旅で消滅したのである。

白石のペルソナの迎える「新たな季節」、そこでの旅はまず詩集『一艘のカヌー、未来へ戻る』で展開される。部屋も日本も出て欧州の古都ロッテルダムの石畳の道を、自分の靴音だけを聴きながら歩くペルソナに、一艘のカヌーが見えてくる。そこには一人の若い男が乗っている。マニラの革命家、密かに暗闇の中でカヌーに乗って脱出を図っている亡命者だ。彼の顔は見えない。ただカヌーに乗っている彼の影だけが見える。誰も彼のその後は知らないが、彼は亡命者という「はぐれもの」であり、帰還する故郷を失った、世界の異邦人である。

わたしの思惟の海原に
昼となく　夜となく
音もなく　漕ぎいれる一艘に逢う　わたしは
決意のとき　眠りのとき
快楽の　休息の　まどろみの　孤独の　とき

（「一艘のカヌー、ロッテルダムより満月へ」『一艘のカヌー、未来へ戻る』）

このカヌーはわたし＝ペルソナの後を夕闇の中でも見失わずについてくる。カヌーがペルソナを追ってくるのだ。ペルソナはホテルの部屋でカヌーと言葉のない会話をする。カヌーはタバコを吸うが、若い男がタバコを吸う姿は見えない。カヌーはこのようにペルソナの心の海原を漕いで行く幻想のカヌーなのだ。ペルソナはカヌーと共に世界の各地を旅するが、その旅はペルソナの思惟の旅なのである。

　最初に一艘のカヌーが
　　わたしの思惟の淵に近づく

（「一艘のカヌー、マニラよりイースターへ」『一艘のカヌー、未来へ戻る』）

このカヌーと共に白石のペルソナは世界の各地へ行き、各地で多くの亡命者に出会い、それらの異邦人たちの言語と実在についての思惟を深める。しかし、カヌーの男は顔を見せないままだ。ペルソナがカヌーの旅に、カヌーに乗った顔のない男の旅に伴走しているのではない。カヌーは彼女の行くところへ、その旅についていくのだ。バックミラーには常にカヌーが見える。カヌーは彼女の内面の影なのである。

いまや　カヌーは追手ではない
逃亡者でもない　侵入者だ
真正面から　この詩人のいくところ
いつも正面見据えて　直線で心臓部に入っていく

この詩人の心臓部に流れる星雲かきわけて
果てしもない宇宙へ　一艘のカヌー
急カーブで　上昇する

（「一艘のカヌー、マニラよりイースターへ」『一艘のカヌー、未来へ戻る』）

カヌーはペルソナの思惟への侵入者で、逃亡者＝異邦人を象徴するペルソナの内面に侵入した、心に棲む影なのだ。白石は「中国のユリシーズ」（一九七〇）で、国を捨てて放浪するユリシーズ＝亡命者には顔がないと言っている。見えなくなった人間に顔はない。それは異邦人の、故郷喪失者の姿なのだ。その影は具体的な人物の影であることを超えて、ペルソナの魂に住み着いて、どこまでも追ってくる思惟の産物なのである。もうペルソナはカヌーの顔のない存在から逃れることはできない。それは自分自身でもあるからだ。具体的な多くの人々が現れ、多くの異国の土地、都市、それらの異邦人の肌の色と言葉、バイリンガルが舞台のこの詩集は、この影との二人旅（＝他者という分身との一人旅）なのである。こうして白石の異邦人性探求の旅は、自ら逃れられないものとの旅に変容し、発展していく。カヌーの旅は地上を離れ、海原から宇宙へ、満月へと向かっていく。その旅には、地上に取り残され、遠い満月に向かって地上から吠える狼としての男も現れてくる。

白石のペルソナの旅は、外部へ向かって、自然の奥へ向かって進んでいくが、一方で、その旅に動物たちが参加してくる。白石は実に多くの人間に出会い、それらの者たちの生と死について考えるが、動物たちの命もまた、同じ生と死の実在を生きる命として、白石に描かれていく。都会をうろつき、人間の支配と感情に左右される動物たちは、故郷喪失者であり、人間中心文明のはぐれもの、知的で、ユーモアに満ちた異邦人なのである。白石の「いのちの原風景」は人間、動物、自然（宇宙）によって、構成されていく。白石の詩業の後期への転換期を作る詩集『砂族』では人間や動物の姿は小さくなり続けていく一方で、自然はその姿を拡大していく。

帰還者という異邦人

白石かずこは年をとるにつれて生まれ育ったバンクーバーの家の話をよくするようになる。その家は、カナダの都市の郊外ではあまり珍しくはない、コロニアルスタイルと言っていい、良い趣味の白い家で、落ち着いたネイバーフッドの裕福な（といっても大富豪ではない）家族の住むような家だ。白石の母はバンクーバー生まれでバンクーバー育ちの日系二世だが、美しい日本語と英語を話すバイリンガルでエレガントな内気な女性だったそうである。のちに白石は『浮遊する母、都市』(二〇〇三)で敬愛し続けた母の老いを詩空間に描いている。父親は四国出身の企業家で、帰国していた白石の母と結婚し、カナダで妻の実家の海産物や罐詰関係の貿易事業を引き継ぎ、成功を収めた人だ。二人には四人の子供がいて、白石はその長女、弟が二人、そしてのちに日本で女優として活躍した妹がいる。また従兄弟たちも近所に住んでいたらしい。家族は日本に帰還したのちは、みな日本社会で生きた。

白石はバンクーバー時代の幼い自分は、両親に可愛がられ、多くの従兄弟や兄弟に囲まれて、シャーリー・テンプルのように可愛いいともてはやされ、自由で活発、天真爛漫な日々を楽しんでいたと回想する。白石は生まれた時からそのたぐいまれな可愛らしさで多くの人々に大切にされて、世界の中心にいる自分に疑いを持たなかったという。注目や関心、同意や愛情を求めて媚びることを知らない、我が道を迷わずいく子供で、むしろ親や世間に反抗的な存在と考えられていたと言っている。白石自身は、他者から愛されながら、他者とは異なる自分の意識を、つまり、自分中心の世界と、自分とは違う他者の世界の両方が同時に存在することを幼い頃から感じていたのである。

戦争が起きることを察知した父親によって、一家は太平洋戦争勃発の一年前にカナダでの事業と生活を引き上げて日本に帰還する。それは敗戦によって植民地で作り上げた財産を全て失った戦後の引揚者とは異なった帰国であったことは確かで、日本での生活が困窮に陥るようなことは全くなかったという。しかし、帰ってきた一家は、東京で戦火が激しくなると父の故郷の愛媛県松山に疎開する。戦争中の日本の地方都市での生活は、その文化環境と人々の引揚者への意識において、あまりにもバンクーバーの生活と異なっていたことは想像に難くない。白石はその子供ながらも魅力的な容貌と、無邪気で自由気ままな行動のために、かえって極度なよそ者扱いを受けたのだろう。

後に白石が自己規定をする「黒い羊」の意識はすでにその頃から彼女の内面に巣くい始めていたのだ。「黒い羊」は被害を受ける者や迷える羊であるよりは、いわれのない差別、他者の苦難を自ら一身に引き受けて殉死する聖者と、そのたぐいまれな美貌と才能と異人性で、他者の心を呪縛する統治者となる卑弥呼やクレオパトラのような力のオーラを持つ巫女であるという自己意識でもある。

その意識は『今晩は荒模様』から始まり、『聖なる淫者の季節』に至る間の「性の詩人」としてバッシングを受ける異人としての自己規定の意識が確固たるものになっていく根底にあると言えるだろう。それは女性表現者としての意識の発生でもあり、異人というレッテルを貼られるようになった時に、「性を書く」ことによる女性詩が誕生したのである。それは黒人やユダヤ人が他者からそう呼ばれることによって生まれる存在カテゴリーであり、自意識であることと同じように、「性の詩人」と悪意を持って評され、差別の理由にされたことによる、女性意識の誕生である。

しかし「性の詩人」白石は、具体的な性の行為について書いたことはない。つまり、性の詩人という言葉から誤解や連想を喚起される赤裸々な性的表現は一切ない。性の詩人の性は自我の欲望と切り離された快楽である点で身体的であり、具体的、現実的だが、欲望を封じられた俗なるものの再出現、復讐ではない。性の快楽を自我欲望から切り離すことによって、深層領域に溜め込まれた被害者や犠牲者の怨念、憎悪、嫌悪から解放された、性の「実在感」に満ちている。

白石の受けたバッシングの傷は、従って、性の詩人と呼ばれることには起因していないのである。自己意識としての異邦人性の根底をなすのは、二重の黒い羊バッシングであるよりは、祖国への帰還者の持つ疎外感であるだろう。帰国者としての異邦人意識は植民地からの帰国者や戦争からの復員者に共通するもので、それは予定調和的な「ここ」にいるものたちとは違うものを見た、経験した、と感じている者たちに共通する実存意識であるだろう。帰還者の故郷喪失と異邦人意識は戦後の日本文学を形作る作家の意識であり、歴史的な戦後日本の意識でもあった。

白石は幼い頃から日本人として育てられ、日本人であることを疑ったことがないという。故郷であるはずの日本が彼女をよそ者として排斥するのであり、一方でカナダは懐かしい幼年時代の居場所ではあっても、白石の日本人としての故郷ではないのだ。日本社会に違和感を持ち、日本人から疎外されることによって、白石はカナダにも日本にも属さない異邦人意識を、少女時代の自己存在意識の根底に持ったのである。それは成長するにつれて、性的な女性としてと同時に女性詩人としての疎外感ともなっていくのだが、その疎外感は具体的には男性自我が中心を占める結婚＝家庭への閉鎖によってもたらされている。白石が詩を書かなかった十年間は、その閉塞感の中で自己喪失を経験した時期であったのだ。

そこからの脱出を可能にしたのが離婚に続く、黒人という他者の発見の経験であった。よそ者という他者が与えたレッテルを自ら選んだ自己存在の条件としていく、いわば実存的選択なのである。性を描く女性詩人、男根詩人という他者がつけたレッテル、呼び名を、白石は意図的に「聖なるもの」へ導く女性詩人の呼び名に変えていったのであり、他者がいう「俗なるもの」の行為を、その名指しの対象、疎外の被害者の感性を、「聖なるもの」へとつなぎ昇華する感性と想像力に変えて、その感性を異邦人の詩的世界の根底に置いたのである。その時、黒い羊は聖なるもののメタフォー、その顕現化の使者となったのである。

黒人ペルソナたちのモデルである米軍基地に勤務する黒人兵たちは、転勤や帰国、退役などを契機に自然と日本を離れ、白石の詩空間から離れていく。彼らは日本にとっても、そして白石にとっても究極の他者である。しかし、彼らは白石の恋人であり、その関係は、決して一過性の性的な快楽追求のためばかりではなく、人間的な男女の愛情関係であったことは白石の黒人ペルソナの描き方が明確に示している。白石は彼らを憐れみながらもその天性の明るさと生きることへの欲求の確かさを敬愛し、彼らの生に感情移入もする。彼らに親密な感情を抱くからこそ明白になる他者との非対称性とその絶対的な距離、また、他者であるからこそ自己を自由に開示することもできる同胞性を持つ関係である。彼らは白石の「はぐれもの」の自姿を映し出す鏡でもある。だからこそ、つまり、彼らの自我達成欲望に引き込まれることのない他者だからこそ、白石の旅の連れであることができたのだ。

白石は彼らに会うことを通して他者を発見し、長い沈黙の季節からの脱出を可能にした。それは家と結婚からの脱出であり、女性の性規範が男性の性意識によって縛られ続けていた日本社会からの「亡命」でもあった。白石の発見した他者は、男性であり、自己と一体化しないという点で他者であると同時に、ともに異邦人同士である点で同胞なのでもある。性の快楽を共有する他者であり、同胞である彼らは、日本という異国だけではなくアメリカにおいても社会的には権力システムの中央への道から排除されたものであり、男性的主体形成のための白人のホモソーシャルな共同体には居場所のない、「はぐれもの」なのである。

日本の米軍基地という特殊なテリトリーにいる時だけ、彼らはその周りにいる日本人の放浪者たちと対等に交わることができた。白石のペルソナと黒人ペルソナたちは、あくまでも対等であり、互いに自由である。そこに国籍や文化、ジェンダー規範制度の入り込む余地はない。彼らはともにジェンダー制度からも疎外された究極のはぐれもの、異邦人同士であるからだ。他者の中に、自らの存在の原型を見る者同士の、根源的な自由の型なのである。

それが彼らにとっても可能になるのは白石のペルソナが、男性の自我の欲望と快楽追求とを分離し、男性が女性－弱者の性の支配と蹂躙を通して男性的自我の確認と性の快楽の両方を手にしたいと願望してきた、性幻想と文化言説を崩壊させるからである。男性の自我欲望のメタフォーでもある男根——女性にはなく、女性が深層意識に持ち続ける欠落意識のもととなる羨望と位置付けられてきた男根という男性自我の延長物を、単なる身体的器官となし、ロゴセントリックな男性的自我形成システムでは役割を持たない肉体の器官との交わりを、女性にとっての根源的な自由の経験と見る視点を提供するからだ。その快楽は自由の快楽であると言っていい。

同じ異邦人同士の性的関係は、社会と文化をバイパスし、そのシステムが機能しない外部に、社会的構造の権力が及ばないゼロ地点に、生きるものの野性のあり方として展開され、「いのちの原景」を浮き上がらせる。『聖なる淫者の季節』の詩群は、ともに単独者としての異邦人の根源的な姿として映し出され、他者でもあり同胞でもある対等なものたちの出会いと別れの、一瞬と永遠の時間の共有のドラマの空間を作りあげている。

しかし、それは基地という場と一人だけの部屋の閉ざされた空間で可能なことだったのだ。日本における基地の町、その文化圏の特殊性については様々な角度から研究がなされている。白石が意識してその場に行ったのか、そしてその後も続く基地で出会った年下の女性たちへの深い愛情に満ちた関心については、白石は詩作品の中ではあまり描いていない。事実、ペルソナが黒人であることもどこにも描かれていないのである。彼らは皆固有名詞を持つ人間であり、白石の詩作の中のペルソナは皆そうなのである。

白石はその特殊な囲まれた場所、おそらくそこが日本にとっての治外法権のトポスだからこそ、究極的な他者に出会うことができ、同じ異邦人意識を抱えた放浪者に出会うことができたのだ。彼らとの距離の絶対性と親密性は「My Tokyo」の放浪者の延長上に位置するが、彼らとの違いもまた大きい。「My Tokyo」の放浪者が主として芸術家であるのに対して、黒人の放浪者は生まれながらの「アメリカの他者」であり、存在の起源において、アメリカ社会・文化から他者化された者なのである。「My Tokyo」の釈迦牟尼との決別は、エリオットの「The Waste Land」から遙か離れた遠くの地点へ、モダニズム表現からは隔絶した領野に、白石の思考と想像力が到達していることを示しているだろう。それは二十世紀がすでに女性の季節であることを物語っているのだ。

白人の男性的自我達成システムからのアウトサイダーである彼らは、日本のアメリカ軍基地から本国に帰還しても、異邦人であり続ける。基地という特殊な場所にいる限りで、他者と対等な自由を持つことができ、本来的な自分を感じることができるのだ。基地から帰った彼らは、帰還者としての異邦人意識を持つことになるであろう。帰還者＝異邦人意識は、戦争という非常時の時間を経験したアメリカ人作家たちの、自己意識の根底を形作ってきたものである。黒人にとっての異邦人意識は、その起源である奴隷性と同様に、戦争からの帰還者としても形成されてきた意識である。文明の犠牲者となるのは、常にはぐれものたちからなのだ。

白石が詩作品の中で形象化する黒人ペルソナ像、その内面の奥深さは決して表層的でも、単純化されてもいない。彼らは固有名詞で語られる個々人であり、その具体的なリアリティが鮮明にイメージ化されるのである。それは斬新であり、感動的でもある。

アメリカ黒人の内面形成の錯綜した歴史は、アメリカ文学の一つの大きなテーマであった。

奴隷として、つまり、売り買いできる「よそ者」として、アメリカに強制的に連れて来られた黒人の内面形成の軌跡は、アメリカ文学のみならず二十世紀文学にとっても根幹をなす重要な課題であった。二十世紀に世界が経験した戦争と破壊と分断、その中での殺戮と暴力と憎悪、その展開は力のあるものが、力のないもの＝弱者を被害者として抹殺していく軌跡であり、その軌跡を記録するものの不在の歴史である。記録の不在とは、現実の出来事の記録にも増して、被害者の内面の傷の記録こそが不在なのである。

アメリカ文学はフォークナーをはじめとして、シャーウッド・アンダーソン、ジーン・トゥーマーからニッキ・ジョヴァンニ、アリス・ウォーカー、トニー・モリソンへとアメリカ黒人の錯綜する内面形成を描き切ろうとする表現を通しての試みを積み重ねてきている。アメリカという移民文化の積み重ねの中で、誰もがはぐれものとなる歴史の中でも、黒人の内面の「略奪」こそが、アメリカでの異邦人性の根幹を形成してきている。

白石の語りは黒人の内面、そのはぐれもの性の歴史、内面の記憶には一切触れない。ペルソナの前には性的な存在としての一人の若いアメリカ黒人兵が立ち現れているだけである。黒人全体が象徴として抽象的に扱われているわけでもない。彼らは黒人であるとは描かれず、作品ごとに立ち現れる個々の存在であり、アクチュアルな人物像として詩の世界にとどまり、そして、通り過ぎていくはぐれもの男性である。

白石のアメリカ軍基地の黒人との愛の詩は、黒人の内面の記憶に付け加えるものがあるかどうか、その具体的な物語があるかどうかは問題ではない。彼らが白石の表現世界、白石の「ヨクナパトーファ物語」の中核的な構成を担っていることにおいて重要なのである。そこにフォークナーの「水脈」を見るのは、筆者だけではないはずである。その水脈は大江健三郎、中上健次、そして白石と同じような帰還者としての異邦人性をうちに持つ大庭みな子にも受け継がれている。

白石の表現空間を構成する性的他者の黒人たちは、その即時的な存在感、アクチュアリティを持つ、リアルな存在として形象化されているが、その彼らの実際に生きる世界——アメリカでの私的、社会的生活自体は、リアルなイメージとして詩的空間に現れることはない。ペルソナの部屋は、むしろ寓話的な世界の空間なのである。誰もが注目などしてこなかった基地における黒人男性を、思惟の中核を担う「象徴的な」存在にまで形象化していく白石の詩魂の手さばきは、凝視、瞑想、感情移入、ユーモアによる、他者との距離、ペルソナの内面との距離と、その間に横たわる間隙空間そのものの言葉化に発揮される。『聖なる淫者の季節』以後その距離と間隙空間はさらに変容していくが、白石の詩業全体を見るとき、同作が女性がペルソナになる白石の女性の語りの一つの頂点であると同時に、それが変容していく道筋も示唆していることがわかる。その意味でもこの詩集は白石の転換期を形成している。

女性のナラティヴ：「母なるもの」の語り

複数の基地黒人兵を世界の中心に据えて表現の空間を構築するのは白石のペルソナである女性帰還者の「主体的語り手」である。ここでの語り手は、冷淡でもあり、慈しみにも満ちていて、相手を突き放し、軽蔑し、笑うと同時に彼らを慕い、別れを惜しみ、その不在に空白感を抱く、いのちの原点としての「母なる身体」の語り手でもある。あくまでも単独者でありながら、付きそう母体でもあるペルソナ、性的でありながら、性を超える「異邦人としての母体」という新たな思惟の地点へ読者を誘っていく。それはのちの白石の語りで明確になっていく新たな語る主体の形成でもあるだろう。

ペルソナは恋人に他者として関わることに徹底することを通して、自らの異邦人としての存在意識と性の主体性を形成する。女性規範に組み込まれない異邦人としての主体性、むしろ規範を逸脱することによる、黒人も、女性も共に差別する現実のジェンダー化された世界への異議申し立てでもあり、人間をその根源的な姿で捉えようとしない文化システムの拒否でもある、反世界の空間を構築するのである。その役割を担うのが、亡命者に追われる異邦人としてのカヌーのペルソナが顕現化していくいのちの根拠としての語り、ジェンダーを超えた女性の語りであることが明らかになっていく。白石の母性は、慈しみながら捨てていく身体的な場所としての、母体（母胎）としての女性の性の象徴として形象化されていく。文化言説として定着し、男性の性幻想を縛ってきた母性を、白石は解体するのである。

これまで考察してきたように、「帰還者」の季節でもある『聖なる淫者の季節』の次の詩集『一艘のカヌー、未来へ戻る』で白石が書くペルソナは、ナチス、ソビエト時代に居場所を追われた亡命者たち、アセアン・アフリカ地域の植民地統治とその後の独裁強権政治から追われた亡命者たちである。祖国のために、祖国の人たちのために戦い、自分の命を危うくし、逃げなければならないという皮肉な境遇に置かれた彼らには、生と死は二律背反的に矛盾し合う。逃げる、生き残るということの卑屈さと惨めさ、そして、それが唯一反抗と革命的未来への希望の道であるという絶対的な矛盾を、ペルソナは理解していく。彼らは白石のペルソナの恋人ではない。彼らは性を通しての旅の伴走者ではなく、いわば分身的他者なのだ。

帰還者と亡命者、どちらも本来の自分の居場所を喪失したものであり、「生き残りの生」を生きる異邦人たちである。白石のペルソナは帰還者との「性の季節」から、孤独な亡命者との思惟の旅の季節を経て、一九八〇年代には『砂族』の文明の消滅の砂の世界へ、さらに次の詩集『太陽をすするものたち』『現れるものたちをして』で、存在の起源と魂の故郷を求めて古代に遡る旅へと、異邦人として生と性の根源への旅を続けていく。その魂は同じ感性と経験を持つものの前にいつでも立ち現れてくる。『砂族』以降、白石の語り手は、言葉では語られなかった魂の故郷への思いをつなぎ合わせる巫女に似た役割を担い、それは古代から続く母体の語りへと形象されていく。

近代文明への反論としてのモダニズムから出発して、女性の身体的思考の視点を得ていく白石の創作想像力は、モダニズムの反文明的批判の視座を継承しながら、ジェンダー規範の枠組みを逸脱して、異邦人として位置付けられてきた女性の文化的姿を浮き彫りにし、本来的な自由な性的存在の姿を顕現することを探求する詩作を通して、戦後の女性表現の極地へ到り着いている。そこにはモーリス・ブランショやバタイユが、モダニズム想像力の原点として、「存在の合図」と呼んだ啓示的な一瞬を感知する受け皿としての女性の身体が、その野性の姿としての「母体」として顕現化されている。

白石のジェンダー表現としての女性表現は、初期の段階から書き続けられている動物詩にも表されてきている。『現れるものたちをして』以後も、白石は動物詩を書き続けていくのだが、それまでの長編詩から、短いユーモアに満ちた動物詩を、動物という「はぐれもの」たちの語りの課題との関係で、後に見ていきたいと思う。都会から砂漠へ、人間から弱きもの、小さきものへと、人間、動物、自然の「いのちの原景」の探求の旅は続いていく。

第4章　砂漠へ、水無し川を遡り

『砂族』の世界

『砂族』の旅はペルソナの一人旅である。同伴者はいない。「リバーサイドには川がない」と『砂族』のペルソナは、深山から流れ出て、広大な砂漠を流れ、太平洋へ注ぐ大河が、砂漠を抜ける頃には水無し川となっていることに衝撃を受ける。そして砂漠の入り口に立っている自分を感じ、砂のスピリットたちが、自らの内なる「砂族」を活気付け、砂漠へと誘って行くことを感じる。

どこにいてもわたしの思考は砂漠、砂のある方へむかう。乾いた土地、乾いた熱い空気、太陽さえ、カラカラにノドをやかれてしまう土地にむかい、わたしの内なる砂族たちは急速に活気づき、リバーサイドに一滴も水がない事を発見するやいなや、快活に、口笛など吹き、踊りだし、裸足で砂漠にむかい、駆けだしていくのだ。

するとわたしは、どんどん埋もれる。わが砂族におおわれた、わたしの記憶はすでに遠く何万年をさかのぼる。

（「砂族の系譜」『砂族』）

ペルソナはそこがカリフォルニアのインディアン、ヤキ族の村落か、サハラ砂漠か、オーストラリアの中心部の聖地か、記憶を遡るほどに曖昧になると言う。

おそらくわたし自身が太古になり、眠っているらしい（……）
わたしはわたし自身が砂なる大地になり、眠っているので、容易に
この眠りからさめようとはしない

（同前）

砂漠は太古への入り口であり、自らが「太古」になり「砂なる大地」になると、時間と空間が現実を離れた原初の風景へ、女性ペルソナの探求の旅の風景を展開していく。その砂漠はカリフォルニアの死の谷と言われる砂漠からサハラ砂漠、そして砂族のいるあらゆる砂漠へと広がっていく。リヴァーサイドは砂漠の入り口の、「ナゾの土地」である。

砂漠とは、はいるところである
はいるものを、こばまぬところである

そして入口は、更に奥なる入口を呼ぶのだ
奥へ、奥へと

（同前）

それは狂気のように見えるが、戻って行く「本能」なのだという。
「わたし」の内なる砂族は、一旦砂を嗅ぎつけると、そこに向かって疾走する。

わたしの内側より本来の巣へむかい、野獣のように鳥や魚のように戻っていく。それら砂族なるスピリットのいっせいにはばたき走る音が、熱い午後には聴こえる　肉眼で
みえないがみえる　ポエジーより太い　遙かに太い　大きな川であるからには
川のかたちした幻影のパワーであるからには

（同前）

砂漠の中を川が流れる。水は地下に埋もれているが、それはいのちの証であり、いのちが

続いてきた証である。

リバーサイドへとたどり着いたのは、運命的なことで、水無し川といういのちを繋ぐ川のほとり、砂漠の入り口にたどり着いたことだ。都会から砂漠へ。現代から古代へ。水無し川が語り手を導く。カリフォルニアの大都会ロスのはずれの、「川のほとり」という名の小さな町を流れる水が地表から消えた川との出会いなのだ。しかしこの川は、水はなくても、その底に昔の滔々たる流れを暗示し、やがては太古の川、ナイルやインダスへとペルソナを誘って行くのである。それは奥へ、深くへという川の砂漠への導きだった。

奥へ、奥へ、深く埋もれてついたサハラ砂漠で黄色い砂嵐に襲われ、空も太陽も地球も見えなくなった時、立ち上がって来たのは五千年前のスフィンクスとなった「わたし」だった。

（……………）わたしはわたしをみたのである。五千年の一瞬である（……………）東京へ戻ると　わたしの思惟の内側は　黄色い砂嵐がたえずたつまき　それらは砂の言語となり　わたしの寝室や　詩の上に　時折　こぼれおちた

（同前）

スフィンクスとなったペルソナが見つめるのは、消滅した文明、絶滅した民族、種族、記録のない人々の生である。黒い木、黒い岩、精霊たち、その向こうに広がる砂漠の雨と波で目を濡らし、光らせ続ける黒い砂たち、それらを言語を忘れたペルソナの中に砂族は見つめ続ける。ペルソナの内なる砂族は、見つめ続けるスフィンクスである。見つめる、沈黙したスフィンクスとなった内なる砂族は、消滅したものの豊かだったいのちの証へとペルソナを誘っていく。

砂族たちは　わたしが乾きを覚えるのをすみやかに察知する
そして　沙漠の方へ　と　わたしをいざなうのだ
沙漠とは　豊饒な海　緑地ではないか
スピリットたちの樹木　果実　たわわにみのり　大きく育つ　幻の真実のオアシスである
　ならば

（同前）

ペルソナは内なる砂族たちの正体はまだわからないという。微小なので一つ一つをつまみ出すことはできないが、彼らは「実に誇り高い　幻でできている種族なのだ　そのために無になることはない」と。

見る眼の奪回

ペルソナは、アメリカ・インディアン、サハラ砂漠を放浪するベドウィンを見つめ、案内の友人が帰ると砂漠に一人とりのこされる。そこには砂嵐も、微風も吹いていないが、「内なる砂丘」にはライオンのたてがみを逆立たせる大砂塵が吹き荒れ、頭脳の窓も感覚の窓も開けることができなくなり、砂塵の中に埋もれてスフィンクスとなる。それは古代の時間と空間への帰還であり、見る眼の奪回である。それはペルソナの内面への埋もれであるが、旅の中で失っていた沈黙の凝視の回復でもある。それは内的な咆哮であり、

眼のない眼で
永劫の方をみつめ
吠える　声のない声で
吠える　ので　ある

（「儀式」『砂族』）

砂族は過去だけではなく、未来を見つめる眼の奪回を可能にする。かつて「My Tokyo」でうなだれた釈迦牟尼、ペルソナが都会を出るときに置き去りにしてきた瞑想し凝視する分身を、砂族が呼び返してくる。スフィンクスとなった眼は、旅の風景のラクダ、ロバ、馬、子供たち、盗賊たち、商人たち、黒い布をまとった女たち、異教徒たちを通り過ぎた先に見えるもの、そこに現れてくるものへと近づいていく。

その先に降り立ったペルソナの見たものは古代の生霊であり、同時に現実を生きる人々や動物の暮らしだった。現代と古代、現在と記憶が重なり混じり合う人や動物の生きる風景だった。

これまでの旅のようには、亡命者も追放者も砂漠を行くペルソナの旅には現れない。そこではごった返す人の群れと、いろいろな匂いの混じり合った空気、商人の呼び声、コーランの祈りの声とラクダのなき声、これらの全てが死にゆき、記録も残されずに砂と化し、砂に埋もれてゆく。ペルソナはスフィンクスとなってそれらのすべてを見つめる。見つめ続けるだけで、言葉は出ない。ポエジーは「ボロ布」に包まれたままだ。

しかしこの沈黙する眼、見つめる行為から、ペルソナは内なる砂族の過去と現在と未来を、いのちの生成と消滅と生き残り、文明の絶滅の証人としての化石やミイラや廃墟を、自らの想像力と感性で変容し、独自の表現空間を形成する行為へ進んでいく。内なる砂族の生きた風景を表象していくポエジーの奪還を成し遂げる。

砂漠の威力は圧倒的で、生き物の骨を砕き、形骸を吹き飛ばし、湿り気を剝奪して乾燥し、何もかも無化する。

それを見届けるのは「小さき者への目」であった。それまでの旅では芸術家の精神と心を持った者、政治の闘争に敗れた者、革命に失敗して異国に亡命した指導者など、その際立った意思と覚悟、繊細で優れた感性と洞察力を持つがゆえに、悲劇的な旅を続けるユリシーズたちの旅であった。しかし、『砂族』の旅はペルソナ一人の旅であり、砂の中に消滅した者を自ら掘り起こす旅である。そこで出会うサンド・ピープルは微小な存在で、何千年も皆生きては消え、存在しては記憶にも残されない日常の「現在」を生きて、砂になり、埋もれていくいのちなのであった。

ペルソナの旅は、砂漠への入り口としてのリヴァーサイドという不思議な場所――「謎の場所」、砂漠から水無しで流れ来る大河、何も実らない荒地――バッドランドを与えられたインディアン部族の末裔たちが住み、オアシスにはパームスプリングという富豪たちのリゾートが立ち並ぶのに反して、立ち上る砂嵐に根を取られて飛んで行く草木しかない風景の中に立ち、それを見つめる眼に「黄色い砂嵐を住まわせた」ことから始まるいのちの原景への旅である。

リヴァーサイドはロサンジェルスから東へ向かって50キロあまり入ったところにある町である。オレンジ栽培で栄えた農業の町で、コロラド山脈から流れ出るコロラド川が砂漠を通り抜け、リヴァーサイドはこの川を中心に農業が栄え、ヨーロッパからの移民もいっとき多かったという。日本町もあったという記録があるが、現在ではその名残は全くない。

一昔前はハリウッドから来る人たちのリゾートとしても栄えた町で、町の中心には、役所と教会とホテルが一つになったミッションの美しいスペイン風の建物と並んで、大きな映画館がある。スペイン植民の色濃い跡と、ハリウッドの娯楽地、そして農業に従事するメキシコ人、中国人などの足跡も確かな南カリフォルニアの町である。ダウンタウンの風景を通り過ぎてハイウェイの通る町外れまで来ると、カリフォルニア大学があり、その裏はもう砂漠の山で、街全体が砂漠へ入る最後の町である。

砂漠に入っていくとモロンゴ・インディアンの居住地があり、そこはサダキチ・ハートマンがインディアンの妻と住んでいた、人生最後の場所だったことで知られている。この居住地は長い間全くのバッドランドで、オアシスもない、石油も出ない、畑も耕せない荒地だった。江戸の末期、長崎生まれのサダキチは、三歳の時に母親がなくなり、父親にドイツのハンブルクに連れられて、そこで育ち、一七歳の時に単身でアメリカに来た。ニューヨークやボストンで能を真似た芝居や俳句を英語で作ったりした多才なパフォーマーだったが、ハリウッドへ来て映画に出るようになった。バグダッドの盗賊の頭の役をして有名になり、チャップリンにダンスを教えたことなどで、ハリウッドでは慕われていたという。彼は三歳で日本を出てからは日本へ帰ることはなかった。長崎、ハンブルク、ニューヨークからハリウッドそしてモロンゴインディアン居住地へと流れ流れてたどり着いたこの砂漠の荒地は、日本からもアメリカからも、ドイツからも「はぐれた」芸術家・パフォーマーが人生最後の時間を過ごす場所としては、あまりにもできすぎた筋書きであるようにさえ思える。カリフォルニア大学・リヴァーサイド校にはサダキチのアーカイブがある。

さらに砂漠を奥へ進むとパームスプリングという有名なリゾート地が突然現れる。フランク・シナトラやフォード大統領をはじめ多くの有名人が別荘を構えた贅沢なリゾートで、そこにはオアシスがあり、温泉も湧き出ている。アメリカでも有数な豊かなインディアン居住区なのだ。ハリウッドの有名人はリヴァーサイドを見捨て、こぞってパームスプリングへ向かった。リヴァーサイドは白石が尋ねた頃は、何の特色もない町で、川も河原に石と砂が露出するだけの水無し川になっていた。

白石が訪れてから四十年、今のモロンゴ居住区にはカジノができて、賑わっているということである。リヴァーサイド滞在中、白石はロスに住む南アフリカからの亡命者マジシ・クネーネを訪ねている。亡命が長引くこのズールー族の部族長は、樹々の茂る心地よい家に妻と小さい子供達と、外界を遮断された「オアシス」に身を横たえるかのように静かに暮らしていた。太って、体の調子が悪いという彼に、白石は日本から持ってきた大きなお灸を施していた。マジシ・クネーネはイギリスからアメリカへ亡命生活を移してきて、ズールー族の神話について研究、執筆をし、その伝統を残そうと孤独な覚悟をしていた。植民地政策からも独立解放政策からも取り除かれるズールー族の表現記録を、彼はなんとかして残し、若者たちに知らせたいと願っていた。クネーネは白石の旅の詩の重要なユリシーズの一人として常に現れてくる。

消滅を運命付けられた「いのち」を見つめる

『砂族』の旅は古代文明へ、死者の国へ、太陽と乾いた空気の、明るい「無の自然」へ、ペルソナが素手で降り立つ単独者の旅である。そのことが、詩人が『砂族』を自分の詩の転機となったと語る理由を納得させるのである。砂という極微小なものに還元されるいのちには大きいも小さいもなく、人間も動物も区別がない。『砂族』は小さき者への目、消滅を運命付けられたいのちへの凝視と掘り起しという新たな視点を詩人に与えたのである。それは『虎の遊戯』『今晩は荒模様』から『聖なる淫者の季節』を経る実に長い旅路であったが、その後に多く書かれる動物詩の世界をも可能にするたしかな転機となったことは明白である。詩人の眼は砂族のスピリットと一体化する。

寡黙なサンド・ピープルの心は
砂を主食とし
空漠の禅を知る
眼の中に　悠久をみつめる地平線をもち
カッと照りつける太陽を
いくつも　その砂の胸のうちに眠らす
コーランの声も
らくだのいななきも
水音も
小鳥たちの声も
その上を

風となって通りすぎる
ラア　太陽神も
羊神も
イシスの神も
それぞれ
永遠へむかって　くちづけするが
砂は　それらに寛大である
砂のスピリットは　それらを抱擁してやまない
この地上の　悠久なるものを
その体で会得しているのだ

（「砂の民――マイ・サンド・ピープル」『砂族』）

ここでは砂は明らかに女性の身体である。「My Tokyo」の暗い地下の身体から、すべてをからにして明るい砂漠の抱擁する身体へ、いのちを産み、看取る永遠の受皿であり、器である女性の空間は、時間と場所を超えたいのちの営みを、「悠久なるもの」として抱擁し続ける魂の場所として顕現化される。

白石の次の旅の道連れとなるロバの生まれ出た洞窟にも似た女性の深い身体内部は砂漠につながっているのだ。

地下の深層領域を堂々巡りすることから脱出し、明るい地上で愛し、喋り、快楽を求め、生きることを過剰に求めるドラマは、部屋というやはり閉ざされた世俗から隔離された場においてであった。砂漠というトポロジーは女性の身体の「孤立」から「身体への抱擁」という意味の展開をもたらす場の転移であった。

カヌーに乗っての部屋からの脱出は、性的身体への抱擁から亡命者の「魂の抱擁」へと位相を変えていった。道連れは歴史からの追放者、異邦人たちではあっても、顔が見えない影の同乗者で、カヌーの旅もまた一人旅の様相を持っていた。しかし、旅は地球上を駆け巡り、国家権力と物質文明から落されていく魂をすくい上げる「母体」の慈悲の旅であった。その「母体」は、身体だけではなく魂にとっても母体なのである。

『砂族』ではペルソナは砂漠の中を通り、砂に埋もれて地下に潜った水の流れが太平洋に滔々と流れつく姿に詩人の感性が捕えられ、砂の微小な粒になった生き物の、あたかも無化された生き物のいのちから「スピリット」を呼び戻し、自らも砂に潜って、永久の沈黙と凝視をし続けるスフィンクスとしての自己を発見する。砂、砂族、サンド・ピープルの生を、その消えないスピリットを抱擁する砂漠と一体化した白石の旅のペルソナは、砂の中に地球の自然と、文明と生き物のいのちの忘却の歴史と時間を抱擁して、悠久の眼と器、「場所」となる。砂こそが抱擁する女性の身体であり、そこから沈黙と忘却のポエジーで成り立つ表現空間を紡ぎ出すのである。砂は、カヌーの旅で見えなくなった女性の性的身体の母体としての蘇りなのである。

『砂族』は砂漠で生きる人々の暮らしと旅する自分との日常を舞台とし、過去の盛衰、生死、消滅と再生が、現在という時間に呼び戻されては重なり、混じり合う旅の果ての風景で「宇宙の川べり」と詩人がいう境界線のトポスなのだ。

都会から砂漠へ。『砂族』は、場から場への移動、空間から空間への移動という旅のトポグラフィーを基本として保つことでナラティヴが成り立っている。白石自身の現実の移動が下敷きになることで、現実と想像、経験と表現の関係を表徴し得ている。同時にペルソナの訪れるトポスが砂漠という位相に限られていることから、奥へ、奥へ、という移動が、現在から太古へ、表層から深層へ、忘却から記憶へという視線、瞑想と記憶の深化であることが示唆されている。現実から過去へ、表層から深層へ、見えるものから見えないものへ、という場所の移動が意識のトポロジーへと変貌していくことがこの詩集のテーマなのである。その意識の移動と変容の構造が、表現空間を思想的な言説空間となし、重層的、複層的な精神探求の旅の空間となし得ている。

都会の地下空間から砂漠への旅は、凝視＝瞑想から身体的体験＝移動し、愛し、語るという行為が分離していたペルソナの女性意識が、砂漠＝母体というメタフォーで再生される女性の身体に取り戻される旅である。地の果て、文明の滅亡、生命の枯渇の場である砂漠は、女性の身体＝再生の場として表徴されるのである。

詩人は『砂族』の後に「動物詩」とまとめられた作品群で、動物たちとともに都会へ帰ってくる。森の住人の彼らは都会では「難民」である。原生林という故郷を失った、帰還する場が消滅した浮遊する身体といのちである。都会はもはやTokyoだけではなく、ロンドンでもあり、あらゆる都市である。都会も森もやがては砂の中に呑み込まれるのだが、砂漠を抱えている地球そのものが、すでに消滅の危機に立っている。白石のペルソナの旅はまだ終わりに来ていない。

第5章　女性と動物のナラティヴ

白石かずこの女性言説空間を考えるには動物詩を抜きにしてはありえない。白石の表現空間では、動物がペルソナとして存在しているからだ。白石は「動物詩」を早くから多く書いてきたが、そこでの動物はこれまでの思想体系の中の動物の位相とも、表現の世界の中での描かれ方とも異なる独自なペルソナとしての位相を持っている。

白石の動物たちは、見られ、描かれ、記号化され、メタフォー化される客体でもあるが、同時に、見る、描く、喋る、主体でもある。彼らは何よりも話すのである。それは動物が他者でもあり、同時にコミュニケーションの対象でもあるということだ。

動物を主人公とする表現としては、イソップの物語があるが、動物たちは人間の倫理や道徳観のアレゴリーとして使われているので、動物自体が描かれているのではない。夏目漱石の『吾輩は猫である』では、猫はペルソナの役割を与えられているが、猫の目は人間を見る他者の視点として作者が創造した分身であることは明らかである。そもそもペルソナとは仮面をかぶって声を与えられた作者の分身であるし、作者の「書く主体」の戦略である。動物は人間の言葉を持たないのだから、動物の考えることや感じることを人間の言葉で表現しようとする試みは、動物に人間社会の外の視点、他者の視点を託していることなのだが、それは世俗社会の外にいる自分の視点であり、人間社会の「俗物」を他者化する視点でもある。本当の他者ならば、ポオの黒猫のように、何も話さず、ただそこにいるだけで、主人公を脅かす存在であるはずだ。カフカの虫もそこにいるだけの不気味な存在である、他者なのだ。他者は内面を明らかにせず、コミュニケーションを絶った完全な客体でありながら、主人公の存在を相対化し、その意識を脅かす。他者は話さないが、主人公の内面を反映するように主人公に映るのである。喋らない他者は自己意識の鏡なのだ。

動物を思考の対象とする思想は、近代において人間中心主義、論理的思考中心主義への批判が高まり、二十世紀の哲学、思想の先端的課題として中心を占めるようになった。動物を思想化して世界体系に収めようとしたものには、代表的な思想としてキリスト教と仏教を挙げることができるだろう。神、人間、自然といういわばピラミッド式な縦型の世界構造体系の中に、動物は自然の一員として下位に位置付けられる。一方仏教は仏を中心に人間と動物が輪廻によって相互交換型の位置に配置される。地獄と極楽には遡ることができない上下の縦型の段階があっても、人間と動物の間には上下はあっても共に命という自然の中の一員であり、動物も仏に慈しみを与えられる。動物は人間にとって、完全な他者ではないのだ。人間と同じく動物への殺生も禁じられる。

そのどちらにも共通するのが、動物は生き物の中で最も自然に近い命であるということだ。

そのことを表現するのは絵画の世界に最も顕著で、中でも東洋、日本絵画では動物は多く描かれてきたばかりでなく、日本画の世界では動物たちはむしろ主役なのである。人間は自然の中の豆粒ほどの大きさの存在として描かれるが、動物は自然の造形物として、その存在の美しさが驚くほどの精密さで描かれ、それ自体で大きな存在感を持つ生き物＝生命として、その様々なありようを描かれている。その特徴の一つは人間も動物も同じ自然界に生息する生命でありながら、住む領域、場所が異なっていることだ。動物と人間は棲み分けをしているのである。

描かれている動物の中には庭にやってくる鳥や飼われている犬や猫の絵もあるが、そこに人間が一緒に描かれていることはほとんどない。動物は人間にとっては客体であり、人間の、そして描く者の分身ではないのだ。動物は人間を見ていないし、人間を仲間や分身とも考えていない。動物は神＝自然の造化であり、そこに存在する命であるだけだ。だからこそその美しい姿には威厳があり、神秘がある。江戸時代の画家伊藤若冲の描く細部まで精密に写し取られた動物は人間の思想も、内面も意識も反映していないのである。

音楽においては、動物や鳥の鳴き声は言葉に変わる存在の表明として、人間の感性と意識を刺激するものとして、楽器や声の音やリズムに換えられる。印象派の音楽では、鳥や動物の鳴き声やその存在の醸し出す音は、風の音、波の音、雨の音などと同じように、自然の中の音であり、同時に命の音として表現されている。

文学、中でも詩という言葉に頼る表現においては、言葉が意味を持つ限り、動物表象は「意味」「象徴」「記号」を表し、暗示する。しかし文学における動物は単に描かれる客体であるとは限らない。彼らは行動し、人間と関わり、人間の意識を刺激し、制御もする。それどころか話をするキャラクターであったり、ペルソナとして登場もする。ポオの黒猫やオランウータンは、話はしないが、黒猫はあたかも主人公の心や意識を知っていて、それをコントロールする意識を持っていると主人公に思わせているし、「マリー・ロジェの秘密」のオランウータンは猫と同じように話さないが、人間の論理的思考を無能にするほどの力を示したのである。彼らは主人公の深層意識の産物で、彼を破滅させるために人間世界の外から呼びいれられる幻想なのだ。大鴉は主人公の分身なのである。現代詩ではイギリス詩人のテッド・ヒューズが動物詩を書いているが、その作品ではポオと同じように、古代の野生領域、そして意識の古層から現れてくる神秘的な鳥である。

喋る動物の中では、夏目漱石の猫は比較的人間にとって理解しやすい動物であるが、それでも猫は直接には人間と話をしない。動物はたとえ猫のように人間と同じ場所、同じ家に住んでいても、またオランウータンのように、文明の外の森に住んでいても、彼らは人間とは異なる領域に存在している。人間と動物は存在領域を別にして、距離を保つことで、共に生き続けている。

カフカの『変身』の虫はどうだろうか。主人公のグレゴール・ザムザは人間でなくなり、「害虫」になっていく。彼は明らかに動物の領域へと越境して行くのだ。彼は初めは自分が人間であることを他者に説得しようとするが、次第に人間の言葉を失い、虫の音を発し、食べ物も虫の好むものへと変わっていく。その過程で、彼のいる部屋、ベッドの下、天井、壁などを含む世界は変容していく。

詩に近い表現を保つ『不思議の国のアリス』に現れる動物たちは、話していることも、その存在自体も、理解を超えているように思える。アリスはその世界に入るのに、暗い穴に落ち、そしてサイズが小さくなる。その身体的サイズの縮小はカフカのザムザが虫になった変化と似ている。動物と対等に話をするためには、異世界への境界を越えなければならないのだ。それはまず身体的な変化として現れる。アリスの場合は、動物たちの話や存在そのものにアレゴリカルな、あるいは存在論的な意味を見つけることもできるだろうが、しかし、そのどれも越えている意味の曖昧さ、わからなさが存在理由であるようにも思える。つまり、この作品は登場人物の動物で表されるナンセンスであり、ナンセンス文学の領域を開拓しているのだ。

動物は絵本の世界、童話の世界ではむしろ主人公に近いキャラクターであることが多いが、そこでは子供と同じように話し、感性を共有し、暮らしていることがごく自然に展開する。それは童話の世界だという前提、現実の、大人の世界とは異なった想像力の世界なのだという、不信を抱かせない断りとそれを得心させる形態によってできている。

白石かずこの動物詩は、絵本や童話のその前提を借りているように思えるが、しかし、その世界を可能にする表現の枠組みや形はなく、動物が住むのは里でも森でも人間と一緒になのだ。しかもそこに住むのは子供ではない。童話のように大人になる前の特別な感性を持ち続けている子供たちの世界ではないのだ。

白石かずこの動物詩には『動物詩集』（一九七〇）としてまとめられている詩群と、そのあとで書かれた作品『新動物詩集』（一九八三）、そして、『ロバの貴重な涙より』（二〇〇〇）にまとめられた作品群がある。しかし、一九六〇年刊行の詩集『虎の遊戯』にはすでに動物が重要なメタフォーになって現れている。

すると
虎は　彼でもなかった
私の　胸の部分の昨日から今日へと
山脈がよこたわり

虎の部屋が
明日の方へと空いていた

私の意志の中に虎が生える
バケツが生えるのと同様に
凪が生え
街が生え　その街にビルの眼が
空しく　空ののどにむかって生えるように

私の腕の中で　虎のキバの折れる音がする
（……）

（「虎」『虎の遊戯』）

ここでは虎は明らかに本物の動物ではなく人間の男である。しかしこの虎はメタフォーではなく、野性をペルソナの心に喚起する猛獣のような一人の登場人物で、実際に部屋に侵入してきた男なのだ。しかし、ペルソナとの性によって、野性は牙を抜かれて、一緒にミルクを飲んだり、風邪を引いたりと、日常を共にする。

私の孤独に通り抜けていく髭がある
私の愛に　暗い太陽を投げこむあごがある
私の失意に　何も抜けさせない縞のドアがある
私の行為の尾根に
ひるがえる　お前の尾がある　時
ときに
一枚の紙の中に　虎よ
お前を折り曲げて眠らせよう
明日　という姿勢のひろがりの中に
また　今日がお前を追っていくために

（同）

その日、性愛の時間の後の二人でいる何ごともない時間には、ペルソナの孤独がただよっている。虎の髭や顎や尾という異質な存在の身体の一部が、ペルソナの心に散らばっている。明日があるわけでもなく、今日が意味を持つわけでもない虎を折りたたんで包み込み、眠らせておこう、とペルソナはいう。虎は野性を背負ってワイルドな場所から、この部屋にやってきて、しばらくペルソナの胸の中に安堵して眠るが、それが明日につながるものでもないのは、野性の虎はここに居場所がないからだ。孤独な、空虚な人間の部屋に、虎はしばし恋を求めてやってくるだけである。
『動物詩集』に収められた詩には多様な動物と描かれ方が見られるが、ペルソナが動物の世界に入っていくというよりは、動物たちが人間と同じように存在することが特徴である。しかしこの初期の詩では、虎は野性動物で、人間とは同じ場所に住まない存在であり、ペルソナと虎は、互いに住み分けをして生存する他者同士でもある。虎は昨日はペルソナの恋人だったと言われ、いっ時胸の中で牙を折られるが、明日は本来の生存領域へ帰っていかなければならない。彼らの出会いは、ペルソナの愛と孤独と失意の空間においてなのだ。この詩集のもう一篇の詩の中の虎は暴れて部屋を汚して出ていく。

終日
虎が出入りしていたので

この部屋は
荒れつづけ
こわれた手足　や　椅子が
空にむかって
泣いていた
終日
虎　が出入りしなくなっても
こわれた手足　や　椅子は
もとの位置を失って
ミルクや風のように
吠える
空をきしませて　吠えつづける

（「終日　虎が」『虎の遊戯』）

虎はアフリカの野生動物で、ペルソナにとっては異領域から来た他者だ。その他者との性愛は、部屋を荒らすが、野性を失っているペルソナには、蘇生の力を与えるのだ。その虎が来なくなっても、元の部屋の風景は再生されることはない。虎が去った後には、部屋には虎の匂いと、朝食の目玉焼きの匂いが混ざり合っている。椅子も、手足も壊れたままで、虎のように吠え続けている。空に向かって、風やミルクとおなじようにだ。部屋は変わってしまっているのだ。

この詩には、のちの動物詩に顕著なユーモアはない。他者の野性によって、失われた命の力を取り戻すペルソナは、驚きの中に、衝撃の中にいる。この他者は明らかに男性であり、その野生の力は性の力である。生きる熱情と力は、女の野性は、ペルソナ＝白石の結婚生活と子育ての、九年の沈黙の時間を通して、次第に失せていったのである。

小さな動物たち

野性の森という異国から都会の部屋へ侵入してくる虎は、男性の深層に持ち続けているあらあらしい征服欲や性の欲望達成を通しての自我の欲望を象徴しているのかもしれない。部屋は野生動物を受け入れ、なだめ、しばし女性との日常を楽しみ、激しい欲求を癒す場である。しかし、その部屋は一旦男性の野性に荒らされたあとは、元に戻ることが難しい場に変貌している。部屋は野性を知った女性の心であり、欲求を駆り立てられた後の、雑然とした、まとまりのない、落ち着かない内面の場を露わにしてしまう。

ところが、『動物詩集』に現れる動物たちは虎とは大変異なっている。

彼らは人間の手の届くところに、いわば日常生活の場から意識の届くところにいる小さな動物たちである。人間に飼われている猫や鳥のような動物もいれば、寄生する蚤のような生き物もいるし、暗い森や林に住んでいるが、コウモリのように人間村へ出没する動物もいる。彼らは人間の比喩や象徴として身近にいるだけではなく、人と会話もする。言ってみれば、生存の領域区分が曖昧な生き物なのだ。従って、彼らとの会話も、ある時はごく自然にさえ思われるのだ。

愛してるっていったら
愛してる
憎んでるのっていったら
憎んでるの
もう　別れようかっていったら

もう　別れようか

いつも　いつも
あなたは　オーム

わたしの　コトバを
あんまり　そっくり　マネるから
わたしたち　ホントに
別れるハメになったのョ

（「オーム」『動物詩集』）

ここではオームは自分の意見をはっきり言わず、心のうちも見せない愛人であるのだが、しかし、本当のオームに話しかけているのかもしれない。愛想尽かしのようでもあるし、諦めのようでもある。そもそもオームとの恋は不可能で、人間の言葉を発してはいるが、それは単に音をマネしているだけで、オームの反応はカタカナで表記される動物の世界のことなのだ。二人の距離は縮まることはない。

ぼくは　都会の鼠野郎
朝はやい道路を
おまわりの目をかすめ
走り去る　ぼくは
汚ない　すばしこい　悪なのサ
もの心ついた頃から
盗んで　飢えをしのいだ　このラットは
大きくなってからも
恋を盗み　食物を盗み　金を　欲を盗み
都会の　裏通りを
うさんくさく　生きることになった
こんな奴は　たたきだせ！
だが　鼠野郎の眼の中の
暗い　暗い　夜を　誰が
たたきだすことができるだろうか

（「都会の鼠野郎」『動物詩集』）

この鼠は動物の鼠ではあるが、その行動も、生きる場も、社会の中での扱われ方も人間に似ている。都会の裏通りには、このようなはぐれものの厄介者たちがいつもいて、清潔で、正しい道徳世界に生きる表通りの人間たちからは、叩き出されるハメになる、はぐれものたちが警察の目を盗んでは生き延びている。その風景は人間の住む都会の裏通りの風景なのである。鼠の暗い心、そこにあり続ける闇＝夜を警察も、昼の住民も消すことはできない。鼠ははぐれものの人間たちなのだ。

都会の風景、裏通りの主役たちは、「My Tokyo」の地下鉄に乗り続ける放浪者の延長にある。ネズミも放浪者も地上には居場所がない。くらい地下の世界が彼らの居場所なのだ。

動物詩集の作品群を書く前に、白石は『聖なる淫者の季節』で「虎」たちとの性の関係を、野性の生命力の回復の衝撃から、性的人間の実存についての思考へ、そして「聖なる淫者」という、性を通して生きることの認識、命の概念へと思考を深めていった。虎は「聖なる淫者」へと変容する。彼らは白石のペルソナの部屋へ訪れ、そして出ていくが、もはや部屋を荒らしていくものではない。ペルソナは彼らの野性も、はぐれものの放浪も受け入れて、その性の空間に愛と別れの永遠と消滅の時間を描き出す。動物＝はぐれものの出入りする表現空間は、白石の「性といのち」の言説空間を形成している。

はぐれもの同士の人間と動物

動物とはぐれものの親和性、近似性を見つけて出来上がった動物と人間の生息の場所と領域の境が曖昧な、また、両者の心の区別も曖昧な動物詩は、一九八三年の『新動物詩集』では、新たな動物＝人間ペルソナの資格をさらに明瞭にしている。

いつか　サンディエゴで鯨に逢ったの
だまっているけど　わたしのこと
好きなのわかったの

傍(そば)では仲間が沢山　泳いでいた
ふざけっこして　こっちにこいよ
なんて呼びかけてるのに　いかないで

鯨は　わたしの傍にいる
胸がジーンとする
鯨もジーンとしているのだとわかった
二人とも　瞬間だけど　恋していた
もうすぐ
わたしたち別れなきゃならない　そしたら
もう一生逢えないかも知れないって
予感していたから
二人ともだまってじっと寄りそっていた

（「鯨と話したことある？」『新動物詩集』）

タイトルは鯨と話したことを示唆しているが、二人は言葉を交わしていない。言葉を交わす必要がないほどに、心と心が通じ合っているのだ。

キツツキがきてコツコツと

木の家に　穴をあけるので
男は飛び出して　おどかす

8年かけて　男は
家を　たてた
妻と2人の息子のために
そして
キツツキがきて穴をあける前に
みえないキツツキがきて
男の妻に　穴を開けた
妻はそこから
どこかへ飛んでいき
もう2度と戻らない

キツツキがきて　コツコツ
男の木の家を　つつく

（「キツツキ」『新動物詩集』）

キツツキは動物のキツツキでもあり、人間の男でもある。彼らは相互交換可能なのだ。野性と文明は、大げさに領域わけをしなくても、日常生活では交わっている。そこは異種混合の世界の表象なのだ。野性は境界を超えて都会という文明の領域に侵入してくるのではなくて、人間のいる場所が、森や海のようにも思えてくる。同じ世界に住むのに、鯨は大きく、キツツキは小さい。彼らと同じ空間に住むのにペルソナはアリスのように体を小さくしなくてもいいし、穴に落ちなくてもいい。ガリヴァーのように孤島へ漂流しなくてもいいのだ。

これらの詩では、動物はことさら話をしない、人間の言葉を話さないのだ。部屋に侵入してきた虎をなだめるためにペルソナは、彼を体の中に包み込んだ。虎のキバはペルソナの胸で砕ける。しかし、これらの詩の動物たちは、ことさらに移動をしたり、触れ合ったりしない。動物の口はペルソナと感性を共有し、場所を変えなくても共生するために、互いを食べなくても、話をしなくてもいいのだ。

もともと白石の詩の世界は童話や絵本との親和性を大きく持った世界である。現実の人間世界から、寓話的な、神話的な世界への境界線もあやふやなのだ。そのあやふやな領域を境界線を綱渡りするように、はぐれもの同士の人間と動物は、変容する都市と、消滅する森を逃れて、放浪していく途中にある。その脱出の旅は二〇〇〇年の『ロバの貴重な涙より』に集約されてくる。

男はヌッサリーを歩いていた
おや　また逢いましたネ
挨拶をするわけではないが　たまに
みかける顔である　熊である
「ぼくたちは友人ではない　だが互いに
相手の世界を侵害しないことにしている」
男は　なにひとつ武器ももたず手ぶらでいつも歩く
(……)
「本能で感じとるんだろーネ　こっちの心を」
(……)

男は今日も　のっそり　のっそり
ヌッサリーを歩く　大きなからだで
それをみて
熊はカナダの神話に新しい一行を加える
最近はヒト科の熊も現れた
よき現象なり

（「ヒト科の熊」『ロバの貴重な涙より』）

熊と心を交わす男が、熊とともにいる場所は、すでに神話的な空間である、と詩人はいう。村人の領域に入る熊を殺すだけではなく、熊の領域へも武器を持ってズカズカと入っていっているのだ。熊は人間を押し返すが、やがては銃によって絶やされてしまうだろう。インディアンのように、自分たちの領域で原初の自然も消滅するだろう。そして、そこはもはや過去の、記憶の中にだけ存在する場所となり、そこへのアクセスは巫女のようなペルソナの、人間と動物の魂の呼応を可能にする語りだけなのだ。

白石のヒト科の熊は、最後の野性の象徴である熊と素手で戦うのではなく、他の人間の手ではなく、自分の手で滅びゆく運命の野性にトドメを刺そうとするフォークナーの狩人によって殺される熊でもなく、最後までともに生き残ろうとする。同じように白石の鯨は、メルヴィルの白鯨とは違って、自分と同じ心をもつ人を愛するのだ。
そこには、人間と動物が現代文明からはぐれ、追い出されて居場所をなくしていく運命を共有している生き物であるという意識が現れている。人間も動物も、男性的欲望が勝ち取った権力が支配する地球から脱出したいのだ。

ね　海がドンドン沈んでいくのョ
ちがうョ　母さん　沈んでいくのは島だョ
だから　そんなに沢山　洗濯しないで
といったじゃない　海の水がふえるって

会議中の人たちはブラウン管の中だから
濡れないわ　どこからも水が入ってこないので
煙草吸って　話しつづけていても
心配することは　全く要らないのョ

島の猿たちは　とりあえず木にのぼるとして
鶏や豚や犬たち　それに赤ん坊たちは
どうしたらいいのでしょう

この島ぜんぶをのせるノアの箱舟など
きいたことがない
わかる？　島がすこしずつ　沈んでいく
その島の上でしか生きられない人の
生命（いのち）や気持ちのことなど？

（夕べの夢は悪い夢だった　にんげんたちが地球より巨きな箱舟が
欲しいといってるのだけど　神々は会議つづきでねざめがわるい
一杯の珈琲ほど美味な海は　もうどこにも………）

（「箱舟の注文」『ロバの貴重な涙より』）

女子供、そしてか弱い動物だけでなく、熊も、大男も都市文明からのはぐれものであり、追放者なのだが、それだけではない。地球自体が洪水に襲われようとしているのだ。地球を載せる箱舟はなく、野性だけではなく、文明も、そして地球も滅びていく運命にある。会議をする男性の権力者も、神々もまたこの状況を救うことができない、権力も、男性の自我も、神々までが無力で無能なのだ。

『ロバの貴重な涙より』は動物詩だけが収められている詩集ではない。むしろ、セルビアやヘルツェゴビナの惨状と醜い壮絶な戦いから亡命するもの、アフリカから亡命し、なんとか故郷へ帰還したいと希求する旅人たちの、終わりの見えない旅の詩なのだ。

くにに戻ったが誰もユリシーズと気づかなかった
犬だけが気づき　よろこびすぎて吠え
死んだのは数千年前のこと

アフリカのユリシーズは　亡命先より
三十四年ぶりに　村へ戻ったが　犬だけでなく
父も母も　兄も妹も　親しい友も　みんな死に去り
家々も壁という壁すべて　弾丸のあと

美しい緑だった村は　ルイン、ルインになっていた
それでは　まるで　浦島太郎

あたらしいくにになった教室で　彼は　いま
若者たちに　教えている
ズールーの神々の歴史とくらしを
だが　神の子たちは　ホリディに
アメリカにいく話をしていた

ルインから　おきあがった幻の声たちが
神々の山と　毎夜はなしあっているのを
　きいたことがあるかネ

（「アフリカのユリシーズ」『ロバの貴重な涙より』）

亡命者の居場所を求める終わりの見えない旅は、白石が「My Tokyo」からずっと引き継いでいる旅である。『一艘のカヌー、未来へ戻る』、『砂族』と白石のペルソナは物言わぬ亡

命者たち、はぐれものたちの旅に、あるいは、それらを道連れに、いのちの原風景の見える場所へ、いのちの原初の形態とトポスを求めて旅をしてきた。道連れは話すが、それは巫女のようなペルソナが、彼らの心から引き出し口移しのように語っているのだ。『ロバの貴重な涙より』の旅にはロバが一緒にいる。ロバの旅の原型はドン・キホーテの旅のようだが、ロバ自身も物語、寓話の世界では、虐げられてきた動物である。ロバは動物の世界のはぐれものなのだ。

ある日　ロバにきいた　あなたの涙は
どこにあるのですか　教えてくれなかった

（「ロバの貴重な涙より」『ロバの貴重な涙より』）

ペルソナの旅はロバの涙を探す旅でもあったのだ。

もし　蟻に心臓があればのことだが
巨きい男ほど　心臓はちいさくて蟻くらい
蟻ほどの悩みが巨大になるからだ

わたしは今日もロバの貴重な涙を探しに行く
どこにもないのは　よく知っている
それでいて　どこにでもあるのだ
それがわたしには　みえない　探せないのだ
なぜ　執心しているのか　わたしにも
ロバにも　わからない　ましてわたしと
ロバの関係は
ドン・キホーテのことはよく知っている
ロバにのって　とんでもない風車にむかって
人生を吹き飛ばされ　破片になってしまった友人たちを　彼らは
蟻の心臓などしていなかった　覚悟というもので生きていた　生きてるときも
　死んでからも

（「蟻の心臓」『ロバの貴重な涙より』）

はぐれものドン・キホーテを乗せて人にバカにされながら無茶な旅に出て行くロバはド

ン・キホーテの分身であり、同時に他者である。狂人と言われた男を支えたロバの苦悩、その心を知ろうとするペルソナもまた、旅の同伴者である。ロバは何も話さない。「耳を持たない　口も持たない」。人々が絶望し、堕落して行くときに、ロバは堕ちなどしない。目隠しされても平気で、闇の中でも何もかも見えるし、聞こえる。何一つ「不自由」を感じず、苦悩は見えない。

しかしここに登場しているロバはドンキ・ホーテのお供ではない。彼はユーゴスラビアの洞窟から這い出て、国から抜け出し、自由を求めてオーストラリアへ行こうとし、ハンガリーに来る。


「おまえ　どこから　きた？」

「ここの土地のものだよ」

「ノー、　ストレンジャーだ、きみは異邦人、きみのことなど　おいらたちは知らない　コトバがうまく　しゃべれても　おまえは　よそものだとわかる　その眼がストレンジャーなんだよ」

と若い衆たち口をそろえていえば
ロバはもうすこしで涙を　だが　すばやく

ふるさとに忘れられた男になり店をでる
で　どーしたらいい？
どこか　いくところがある？

（「男は戻ってきた　そして」『ロバの貴重な涙より』）

「男の住所はアタッシュケース」で次々と移住するが、時々ロバになる。するといろんなことを思い出す。人々の苦しみ、無念に死んだ父、シベリアの刑務所やハンガリーやユーゴスラビアの軍隊。

ロバは遠くを眺める　海に行くか
また　別な大陸か　もう洞窟も　洞窟でない
ところも　彼にとっては同じ　抽象であり
無であり　手ごたえのない　カオスであるならば
男たちは　いく百万の無数の男たちになり
ふるさとへ戻る　おふくろの子宮に戻るように

だが次々と己の顔は失われ
異邦人という顔をつけられ　コッパミジンに　くだけ　はじきだされるのだ
ロバよ　捨てられた　これら顔たちを拾い
背中にのせて　歩いてみようか

（同前）

ユリシーズたちの「捨てられた顔」をドン・キホーテの代わりに、ドン・キホーテになったすべての亡命者が失った顔を背中の荷として、黙々と背負い続けるロバは、耳もなく、目もなく、口もない。彼はドゥルーズの言う「器官なき身体」である。ロバの落とした涙だけが、心と耳や目や口がつながっていた人間の苦悩の時代、被害者の旅の記憶であり、存在の証なのだ。

一方で次第にロバはペルソナと一体化してくる。ロバは旅の「手帖」をつけている。

だいぶ旅をしたと思った　ロバは。
二千年かな　五千年かな
そして手帖をみると一九九九年十二月二十一日までに返事をしてほ

しいというメモがある
今から三十年、いや三千年も前におきたことについてである　裁判は終っていなかった
いや　裁判などはなくて　可愛い女の子と可愛い兎ちゃんが　どこかに消えた話だ
（……）
わたしは手を振る　ロバにむかい　あなたの貴重な胃袋をほして着物にし　その中の臓もつでゲームをしよう
（……）
ロバは　自分のおとした貴重な涙を
ポケットから　ひとつひとつ　出しながら
それが　なにであったか
（……）
それらを
ロバは　涙からはずしてひろげてみる
すると　旅は　ほんのすこし

始まったばかりなのに気づく　二千年も
五千年も　かわいらしく　うしろにあり
だが　手帖をみると一九九九年十二月二十一日までに返事をしなけ
れば　というメモが黒い鳥になり　声をあげ　はばたく

（「手帖」『ロバの貴重な涙より』）

ロバは明らかにペルソナであり、また、故郷を失った帰還者ユリシーズでズールーの詩人でもある。被害者の虐待と逃亡と帰還の旅のただ一つの証であるロバの涙は、こうして詩に刻まれる。生命の、自己の尊厳を守ろうとして追放された亡命者たちは、可愛らしい女の子や兎ちゃんが消えたほどの意味しかなく、歴史には刻まれることがない。被害者は、異邦人たちは、女の子と兎の事件、女子供の世界の出来事のように無視される。

『ロバの貴重な涙より』は『一艘のカヌー、未来へ戻る』から始まるユリシーズの旅の到着点であり、そこには、政治的な発言の一切なかった白石の詩表現空間が、この一連の旅を通して明確な国家権力批判、男性主体中心主義文明に対する否定を表明するにいたる言説空間が広がっている。白石のロバは都会へやってくる。『浮遊する母、都市』（二〇〇三）はいわばこの旅の終わりの詩でもあるが、それは白石、そして白石のペルソナの故郷への帰還の詩でもある。
そこではカナダから日本へ帰還したはずの母が、パスポートをなくし、自己証明の手段を奪われて、忘却と記憶の都会の空を浮遊し、難民たちは都会の道路を放浪している。都会から、その地下の暗闇の世界から始まった白石の長い旅の物語は、都会の地上の明るい日の光の中で、地上を離れ、浮遊する魂の物語へと終わっていく。今や脱出は国家権力からだけではなく地球からなのだ。

都会に帰るまでに、白石の物語は砂の「無」の世界へと旅をする。『砂族』はカリフォルニアのリヴァーサイドの町を流れる大河が水無し川であることから刺激を受けて、カリフォルニアの広大な砂漠、そしてサハラ砂漠へと詩人の心、感性と想像力が誘われて書かれた詩作品群である。砂は人間の生存の記憶も、文明の歴史も「無」に還元してしまう力だが、極小の、無に見える砂の下には水が流れ、化石が埋もれ、人間の命と心の水脈が滔々と流れている。そこには永遠に沈黙するスフィンクスがいる。白石はそこで、大きな文明の中で消滅していた命だけではなく、詩人たち、女子供たちの声を、彼らの「ミッシング・リンク」となった心の風景を、掘り出していく。『砂族』の後に書かれた『ロバの貴重な涙より』に収録された「いつ　きみは丘になり」に、「神の　かすかな／ため息に似た風」や「砂、嵐」

の中に聞き取った心として歌われている。

きみのように雄弁でアクティブな男が
太古の砂に　埋もれ　何千年も　いや
何万年も前の
　　Phantom の淵に　ただよい
かすかな　いきものの羽音をききながら
自らを　沈黙の無の中に
　　　　　　　　幽閉してるとは
　　　　　　　　　　　　知らなかった

（……）
ここまできて　やっと　きみに出逢えるとは
きみは　影であるか　現実であるか
そこに　たどりつくには
靄　雲　山　風　鳥　たどる指先
　　　　　　　　　　　　濡れる唇

飢え　怒り　土　砂のにおい　石
（……）
いつ　きみは　きみの無と
　　　　　話すようになったか

（「いつ　きみは丘になり」『ロバの貴重な涙より』）

古代の川の水の中に、文明も、個人の命もズタズタに「切り刻まれて」投げ込まれている。「川に　消えていった　ミッシング・リンクの／わずかな　あかりを　ポエジーの先に／みつけたこと」それが砂漠への旅の記録『砂族』たちの自らの無との対話の認識を経て辿り着いた、ロバによるポエジーの救済である。ロバの旅の最後は都会だが、そこで彼は「劇場」へ行くのである。ロバによるポエジーの奪回で、ユリシーズの長い旅の物語は一つの終着点にたどり着く。

白石の旅に連れていく亡命者たちは皆男性社会からの追放者、はぐれものである。女子供と動物は、男性自我主体を頂点とする統合的体制の構造からそもそも排除されてきた。白石は、動物、女子供、そして亡命者の互いが道連れの旅を描くことで、新たなジェンダーの枠組みを明確にする女性表現の空間を作り出したのである。それは二十世紀の女性表現が啓示的にではなく、意識と語りの全体として明瞭に顕在化した女性言説空間である。

第6章　浮遊するもの

母の身体

『砂族』と『ロバの貴重な涙より』で女性詩人としての言説空間を達成した白石は、以後旺盛な創作意欲にあふれ、幾冊もの詩集を出版する。

『ふれなま、ふれもん、ふるむん』『火の眼をした男』、『太陽をするするものたち』、『現れるものたちをして』、そして『浮遊する母、都市』とミレニアム、二千年までに旺盛な詩作活動を展開した。そのうち『現れるものたちをして』は高橋睦郎の編集で、高見順賞、読売文学賞を受賞し、英訳もされた。白石は世界の人々から愛され、尊敬される女性詩人となり、世界各地の詩祭から招かれて、多くの詩人たちとの交友も深まった。

『砂族』で白石の言説空間が顕現されたことも、彼女の名声の根強い支持の原因となった。虐げられたもの、小さきもの、威厳を失わなかったもの、消滅していく運命の部族、民族、文化と文明、詩人の感性と言葉、そして人間と科学の進展で破壊されていく自然、動物と植物と運命を共にする人間のいのちの原型への視線。詩人は埋もれた記憶の中から、それらの魂を掘り起こし、背負い、その魂を求める女性「ユリシーズ」として旅をし、そしてそこからポエジーを発するという詩人の立ち位置が明確になった。さらにこの時期に白石は積極的に詩の朗読の幅を広げていき、言葉だけではない声、楽器、ダンスなどと共にするパフォーマンスが、白石の表現と詩人のあり方を、他に例を見ない表現者として印象付けたのである。白石の詩は『砂族』の無を通過した後は、増々他者の失敗や罪を笑い受け止めるユーモアに溢れ、食べ、歌い、喋り、踊り、眠る日常の中でのポエジーを大切にする旅の日常、一箇所に定着しない生の実像の表現であり、世界の多くの人たちが自分自身を投影もし、見出してもいったのである。

いのちのトポグラフィ

これまで白石の詩空間における場所の重要性について述べてきたが、旅の詩人である白石にとって、訪れるさまざまな場所に住む人たちの生活、考え方、色や匂いと言語、踊りと歌、宗教と儀式、そして彼らの村を取り囲む自然は、詩人の感性を刺激し、想像力の源となっている。だが、それらは人と文化と自然が作る場所の位相性を総合的に考える人文地理の概念を大きくはみ出している。それは人文地理ではなく生命地理という方が正しい、生命のトポグラフィーなのである。

いのちの生きる場を思考する時、村や町、都会、国、そして人間の作る法律や文化は、地球地理、そして宇宙地理の視点から考察されなければならず、その視点から見れば極小の、しかも普遍性も原初性も持たない、利害の垣根で勝手に囲んだ場所に過ぎない。村の周りには、草原も山も、海も空もあり、国の外部には海も空も宇宙もあり、そこには生命が生きている。その数は人間をはるかに超えている。国の作る法律や思想は、単に自分たちが勝手に作り上げた、自分たちの国の利益と保全のために作られた規則でしかなく、文化もまた、その言説も含めて、自己利益とその保持のためのものに過ぎない。しかもその法律や文化が、他の生き物を排除し、搾取し、そのいのちの支配と破壊の上に成り立っていることを認識するなら、人文地理学は生命地理学でなければならず、自然保持のための環境地理学でなければならないのである。

白石かずこの場所――トポスに依拠する語りと、その詩空間におけるトポグラフィーの重要性は、ペルソナの旅があくまでもいのちを、その生きた軌跡を追っていく旅によって、読者を生命地理の領域へと導いていくからなのだ。

これらの一九八〇年代から二〇〇〇年代に至る『砂族』以後の時期の詩作は「砂族」を離れたわけではない。また「砂族」の視点と認識を異なる方向へ発展させているわけでもない。白石自身、砂族から溢れたものを集めたと『太陽をすするものたち』で述べているように、砂の世界といういのちと文明の、始まりでもあり終わりでもあるトポスの言説空間の枠組みの中で、さらに表現が具体的に広がっていったのである。これらの詩集の風景は、砂漠がそこに消滅したいのちの源泉の場、魂たちの帰る場という表現空間のトポロジーを打ち立てた後の、地表の場を横断する現在に生きる様々な人たちの日常との関わりが、旅のテーマとその表現となっていく。

『太陽をするものたち』（一九八四）は、多言語的に饒舌で言葉が氾濫し、驚くほど豊かで唐突なイメージが織りなす深いリリシズムがその世界を覆っている。混沌の最中を旅することが喚起する詩人の意識と想像力の動揺が、圧倒するリリシズムを生み出してきたのである。しかし次第に行分けのない散文詩のような詩が多くなり、また旅の日誌としての記述による作品の構成が目立つようになる。

白石自身の旅を基盤にしたこの時期の作品は、実に映像的である。亡命者が隠れるように住む街の風景は、貧しい人々が住む、子供や女たち、老人、働き口のない男たち、動物が一緒くたに住む場で、生活の雑音と動物の声、外国語が混じり合う不協和音に満ちた、むせ返るような人と生き物のいきれと匂いを感じさせる風景だ。砂漠の風景もベドウィンたちの姿や、テント、ラクダ、砂嵐、と鮮やかな景色が、目に浮かぶような、映像的な描写で語られている。戦争や内戦で破壊された都市の風景、ベオグラードの崩壊した都市風景もなまなましい。

白石は多くのエッセイを書いているが、そこには政治的な、そして社会批判の発言はない。

しかし、詩作の中でそれらが鮮やかに表現されているのであり、その傾向はこれらの作品にますます顕著になっている。

はぐれものたちへのメッセージ

虐待され、破滅し、消滅していく自然、動物、はぐれものたち、そして、地球自体が、その惨事の最中も尊厳を持ち続け、すくっと立っている姿が、動物の姿と同化して描かれる。『砂族』以後の作品では動物がさらに明らかな意味性を帯びて、現れてくる。その動物像は一方には岩の上に立つ雄の山羊、大きな角を持って、過酷な環境の岩山の崖の上に立ち、威厳に満ちた姿で下の世界を見張っている。そしてもう一方に、洞窟の中からぞろぞろと出てくる小さなカニたちだ。

彼がいる
岩山の上に大きなツノを風に向けて立つ山羊　マウンテン・ゴーツ
彼の威厳　高貴　誇り　雄々しい闘志
意志　孤独

これらを凌駕する山は　まわりにない
彼は　風そのもの
岩山にぶつかる風に　さからう者は
この土地にいない
樹木すら　地面を這うように生え
丸く背をかがめたオリーブたちが群をなし
黙々と岩山をかばう

（「岩山の上、山羊（マウンテン・ゴーツ）が」『太陽をすするものたち』）

孤高の雄山羊は、老山羊飼いであり、滅びゆく砂漠の民のリーダーである。ペルソナは「砂へ　砂のある方へと」誘われて走り続ける中で、この山羊に出会う。

そして　ある朝
あの　光景に出逢うのだ
岩山が二つに　裂け　固い空気が流れると
眺望　海にむかってひらき

金色の大群　崖の傾斜を　いっせいに光のつぶてとなって歩いていくのを
その先達の黒い男の身の軽さときたら　ヒラリ
と岩場をわたる魔人だ　だが

（同前）


黄金に輝く山羊の群れを先導するのは山羊と見まごう老いた山羊飼いなのだ。彼は山羊と同じ気性を持ち、番犬を引き連れて、女や子供のいる民の儀式を取り仕切る。

ペルソナは彼に誘われて岩山に囲まれた彼らの部族の街へ入っていく。それは砂漠の奥深くへ入っていく旅でもある。そして匂いと人声、動物の鳴き声が混じり合う部族の日常を見るが、そこはどの街とも違う場所で、戸口には山羊の首が並んでいる。以前「夢の中でみた　風景」であるとペルソナは思う。それは暗い内側に老婆がうずくまっている、その「穴倉のような眼が／（……）人間でないものをみつめる」洞窟である。

「砂漠から　砂漠へ」太陽にいたぶられての旅の街でペルソナは眠りに陥るが、「どこから眠り　どこで／目ざめるか　次第にその境がアイマイにな」り、山を越え、道のない道を行き、「もう　この先に　世界がなくなると思った」時に、突然行き着いた秘密の集落だという。そこは石の村で、石の上で子を孕み、産み、血に濡れた生贄を捧げるその街で、ペルソナは山羊となり、チーズを食べ、ワインを飲む。やがてすべてが消えていくところで、ペルソナを石の「内なる眠り」へと導いていく。そこは洞窟である。そしてペルソナはもう「砂へ　砂へ」と走らないという。砂漠の奥の洞窟がペルソナの夢の旅の終着点なのだ。

　やがて旅人であるペルソナはこの地から離陸していくが、山羊はしない。

岩山の上で孤り大きなツノを風に向け
透明な　金の眼に
威厳　誇り　未来　意志　未知　高貴な
雄々しい闘志ひめて　立つ
山羊（マウンテン・ゴーツ）
彼は風そのもの
これを凌駕する山は　まわりにない
これに　さからう者は　この土地にいない
これにさからう者は　この土地にいない

彼は風　そのもの
岩山の上に　大きなツノを向けてたつ
わが内なる思惟の山羊(マウンテン・ゴーツ)

（同前）

人間と山羊は身体的にも精神的にも交換可能な分身的他者であり、同志である。山羊は自然と民を破壊するものと毅然と戦い、彼らとともに自分たちの土地で滅びていくことを選ぶ。ペルソナはその岩山に囲まれた砂漠の奥の洞窟に、自らの原初の、そして、根源としてのトポス、いのちが生まれ、死んでいく場としての自らの身体を見出したのである。洞窟は「母」の身体なのである。

砂たちは
いつも　石の味方だった
（……）
人影がみえる　舟にのり　音もなく
やってくるのが

洞窟の内側からみえる
あのものたちは　潮がひくと
どこからか　やって来て　洞窟にはいり
石の傍にきて　砂を　はらい
何ごとか語り　祈ると　ひそかに　また
砂を　もとの位置におき　洞窟をでていくのである
彼らが　どこからきて　どこへいくのか
洞窟も　砂も　知らない
（……）
潮がみちる　満潮になると　石は沈み
石の上の砂も　みえなくなり
とうとうと　海の潮たゆたい
洞窟も　また没する
誰の眼にも　洞窟は　ただの岩となり
わずかに海面に
その姿を　現すだけである

（「椿――第六場　洞窟」『太陽をすするものたち』）

砂漠の入り口は洞窟の入り口だというペルソナの旅は、洞窟が行き止まりではなく、海にも開けるいのちの場であることを知らせている。洞窟に帰って来て安らぎを得て再生し、また出ていく魂は、生まれた場所に帰ってくる魂なのである。そこはまた、白石のユリシーズの帰る場でもある。

カニのように洞窟からでて　舟にのり
行った先は　また　ひとつの洞窟だった
と　天使は云った　そんな風に
誰も思わない　思いたくない
ここは数十年ぶりに戻った故郷（くに）だし
いま　学校の机は　みがかれている
生徒（こども）たちは　ようやく自国語を勉強しだし
誇りというものを　魂の上に　つけだした
と　髪の白くなった男は　言う

洞窟の　はなしは　しなかった
まして　その男がカニになり　月夜には
魂の　水の底で　泳ぎながら
なにか　月の滴を　すくっているのを
ときには　バラバラに月の影を切ってしまい
泣きたいときもあるが　だまってカニは
男に戻り　この大陸が　どんなによいとこか
教室で　講義を　はじめる
なにもかも　やりなおしなのだと
遠い祖先の山たちが　木霊しあう
男は　すこしずつ　詩をちぎり餌を与えると
みえない幻の
洞窟で　カニが　泳ぐのが　みえる

（「カニの帰郷」『ロバの貴重な涙より』）

この時期のユリシーズには南アフリカの革命の主導者だったマジシ・クネーネが二重写し

になっている。イギリスとアメリカへの長い亡命の後、独立した南アフリカに帰還した、ズールー族の首長でもあるクネーネは、新しい政権に失望し、また新政権からも排除されて、大学でズールー語を教えて生涯を送った。故郷に帰っても失望の道を辿るかつてのヒーローは、白石の親しい友人でもあり、健康があまり優れない亡命中のマジシの妻の作る民族アート作品を購入したりして、心を寄せ続けた。

七〇年代のユリシーズは香港からアメリカへ移民し、パスポートのないままで生きなければならない「顔のない」異邦人であった。それから二十年、「アフリカのユリシーズ」は植民地の独立で、故郷へ帰る道が開かれても、そこはすでに失われた部族や民族の文化を取り戻せる場ではなくなっていて、経済発展に邁進する国となっていたのである。白石の多くの友人たち、知り合いたちも死んで行き、ペルソナの旅は、死者の魂を現れしめる鎮魂の旅となっていく。

砂漠の奥深く、険しい岩の下に暗く深い穴を見せる洞窟という女性の身体は、それらの魂が帰り、再び現れ出る居場所なのである。「洞窟にいきなさい、それらの偽装を捨てて無垢になりなさい」(「日誌、ローマから　洞窟へ」『浮遊する母、都市』)と神の声が聞こえるように、そこは原初の無垢の場所なのだ。

わたしは洞窟の中にいたのです
蟹人と話していました　たえず波が押し寄せ
一夜のうちに何百年も何千年もの時間を
行ったり　きたり　船酔いみたいに
たぶん　酩酊していたのだと思います
（……）
どうしたのでしょう　あの晩　わたしは
足が何本も生えて　顔まで蟹になっていたのです

（「ピーパーさんと蟹人」『浮遊する母、都市』）

霧たちこめる惑星

洞窟はすでにロバの出生の地としてトポス化されている。プラトンの洞窟、古代人の住処、そして、いのちの作られる子宮、そしてさらには、死によって戻る場でもあり、遡行を希求する人の意識の深層であり、記憶を湛えた、いのちと文明の深層領域でもある。尊厳を捨てずに運命を全うしていく追放者の英雄たち、そして生き残りもままならない小さきいのちの群れ。

これらの『太陽をすするものたち』『現れるものたちをして』の旅の物語は『砂族』への道程上で生まれたものであり、白石本人があとがきで言っているように砂族の表現空間を構成する物語である。『現れるものたちをして』のヒーローはロバに乗ったドン・キホーテ像として立ち戻ってくるが、「宇宙の風車」が回り始めると、歴史と記憶の暗がりの中に震えている、見捨てられた小さないのちとしてペルソナはよび戻してくる。

旅のトポスが次第に砂漠から宇宙へと広がっていくのが、『浮遊する母、都市』で明らかになっていく。ミレニアムをすぎて出版されたこの詩集は、記憶を失っていく白石自身の母が異邦人になっていく姿に重ねられている。

洞窟も、そして、自分自身であるスフィンクスのいる砂漠自体が母の身体であり、子宮である。しかし、象徴ではない、実在のその母の身体が、地上から足を離し、目的もなくふわふわと彷徨い始める。文明都市の表通りへペルソナは立ち帰ってくる。東京に住む母、カナダから日本へ帰還し、大都会東京に住む高齢の母が認知症になり特別施設に入ることになった。彼女はカナダ生まれなので、パスポートが身分証明書だが、それをなくしてしまう。彼女は自分がどこにいるかを忘れ、国籍や故郷を証明するアイデンティティ・カードを失い、文字通り地上に居場所がなくなった。母は難民になったのだ。「母の故郷の記憶」として白石の心に刻印されていた夢の中の故郷という場の喪失が、母だけではなく、白石の心を浮遊させる。

厳冬、コンコン　キツネ
　三匹のキツネがよぎる
　　ローファント通り
　　　ロンドン・S・W
（「なんみん、三匹のキツネが通る、ローファント通り」『浮遊する母、都市』）

高齢者の難民化の現実を、ロンドンの街をフラフラとうろつくキツネたちと重ね合わせて、二十世紀の世界は、帰る場所も居場所もない生き物の浮遊する場となり、そこに住む住民も、難民も動物も、互いに無関心である。テレビで死んだ難民の子供たちの映像が映されても、「なんみん、このコトバが茶の間でお手玉のように交わされ　みんな／お茶を飲んで笑っている」のである。大都会ロンドン、かつては砂漠の地をはじめ世界中を植民地化したかのごとき権勢を振るった大帝国、そして、戦後の経済復活を遂げた大都会東京は、軌道を外れた地球のように不確かな場所となった。
地球はそもそも浮いている惑星なのだ。人間は自己中心的な天動説から、地動説をようやく認めたが、今や太陽の引力からも見放され、存在の軌道を外れて、永遠に宇宙を浮遊する石となって行くのかもしれない。「老いただらしのない地球」をペルソナは見届ける。

あの老女は眠っています　九十二歳から九十三歳になる誕生日をむかえる日　眠っています　パスポートは海に沈んで魚たちが食べ
ビザは焼鳥屋で誰かがタレをつけて食べたのでしょう
（……）
海の匂いが　します　エムプレス・オブ・ジャパンて船で大シケにあったのは太平洋のまん中、あの頃　わたしは五歳でした
いまでは　九十二歳になるのに　どーして夢の中では五歳なの？

（同前）

魂の洞窟である母が浮遊すれば、都市も地球も浮遊していく。魂の洞窟も浮遊していく。
しかしその浮遊は霧が晴れるまでのことだ。深い霧がいのちの苦悩と乱舞を覆い隠し、やが

て霧が晴れれば百年前の魂の洞窟と変わらない姿をそこに見るだろう。一人の顔のないファントムが、「なにもかかれていない／おそらく　なにものも　かくことのできない／なにものも　よむことのできない　永遠に／むから書物ひもとく」、洞窟もまた旅の終着点ではないのだ。永遠への旅の道程は、いっとき霧に覆われてしばし休むだけなのだ。

魂の洞窟、霧たちこめよ、その痛み、その傷、その苦悩、その罪、
すべてが愉悦にかわるまで
霧たちこめ、コオモリたち愉悦の交接に狂い、
悪臭放ち、乱舞し、
蛇たち　空の虹となり、この洞窟、天へと、
無限空間へと浮上させるまで
　霧、たちこめよ、霧

（「魂の洞窟　霧たちこめ」『浮遊する母、都市』）

白石の詩業は終わったわけではない。二〇一一年、東北大震災の地に駆けつけた詩人はその場で詩を書いた。東北の惨事は、白石の旅の風景でもあったのだ。

第7章　洞窟

母胎、女性の身体

白石かずこの人生は詩人の人生で、詩人以外の姿、詩を書いていない日常の姿は何も見えない。しかし、その自身としての姿は、自らの感性、想像力、そして思考を全開して、人生を生きる姿である。それは日常を生きるということであり、白石かずこほど、日常の時間の連続が人生であることを、それ以外に人生はないことを本能的に感じ、知っていた詩人は少ないだろう。日常の時間は常に現在の時間である。それは野生動物の感覚であるだろう。そして生きているいのちの感覚である。

白石かずこは生まれながらの詩人であり、その生きる感覚が詩の世界を作り上げている。初期の作品は、その日常の時間、いのちの現在性を一身に引き受けて、そこに生きるエネルギーを全て注入する詩人像が鮮明である。その生き方は生涯変わることはないが、その思考は一ところにとどまることなく、常に新たな領域へ、未知の領域へと迷うことなく突き進んでいった。白石の思考とは、書物に書かれた言葉と論理的な思考とは別のもので、常に、経験上の啓示であり、感覚的な認識なのである。

白石かずこの作品をここまで辿ってきて見えるのは、白石の思考が、一作ごとに新たな領域へ踏み込んで行く過程が、自分から意識が離れていく過程であり、他者へ、はぐれものへ、亡命者へ、無念に死んだものへ、小さきものへ、動物や虫へ、都会から、草原へ、山へ海へ、砂漠へ、宇宙へと移っていく過程が、鮮やかな探求の旅の風景として浮かび上がってくることだ。旅の中でこそ、意識がその全体を顕わすのだ。

現在が一瞬であるという感覚、どのような文明も文化も廃墟になり砂に埋もれるという認識は、記録が消去され、存在そのものが忘れられ、無視されたいのちを、喚び返し、蘇らせるのが詩人だという自己意識を形成していく過程である。その過程が、旅の経験、心の風景として描かれていく。そこで中心的な役割を果たすのが、都市の地下空間、部屋（寝室）、カヌー、砂漠、洞窟という場所である。心の風景は、魂の居場所であり、思考の場所であり、旅の場所であり、いのちの生まれる場所、いのちの帰る場所で、そのトポグラフィーが、全て女性の身体へ収斂されることが、重要な特徴なのである。

女性の身体の内部が詩を生み出す場として顕現化されることによって、女性の身体を男性のそれと差異化する女性の身体内の洞窟、空洞でもあり、いのちの源泉でもある子宮、いのちを孕み産むといういのちの原初的な場が、思考と表現の場となる。近代社会は、子宮、そして子を産むという身体的機能が、全ての女性を女性というカテゴリーに総括する性別概念とそれに依拠した社会制度を形成してきた。国策によって、産む、産まない、という女性の身体の支配、他者支配と差別言説と政策による、強制的な産む機能の支配、さらに、その性別に男性優位という性別の序列化を行い、女性の人権をはじめ市民権を阻んできたことへの批判と改革が、近・現代の女性運動の原因であった。

子宮と産む性を根拠にした女性概念は、女性存在の本質を母性として定義してきた。母性は実態としての身体や、子を産む実態的経験を離れて抽象化され、男性の自我を抱擁する母なるものとして象徴化されて、女性の本性、本質的な女性原理と見なされてきたのである。

白石かずこはそのような母性に対して、真っ向から挑戦する。白石の母なる身体は、いのちの源泉でもあり、いのちの帰還場所でもあるが、そのいのちは、人間のいのちだけではなく、小さなカニから、ライオンまで、さらに草や木の自然の中の生き物のいのちの生まれる場であると同時に、それらが帰る場所でもある。「母なるもの」は己の自我や欲望を無化して、子や他者の自我の達成に尽くす特性のことではなく、いのちの根源そのものなのである。生き物の命は時間的に限られているが、その現在性、瞬間を生きる感覚は、生き物が共有する時間の経験なので、たとえ個々の時間が消滅しても、その感覚は記憶として継承されていく。社会や文化の表層を流れる時間ではなく、意識の底深くを流れる時間として、人類の記憶の一部となり、文化の深層を形成している。それを掘り起こし、生き物の生きた姿を蘇らせるのが詩であると、白石は考えるが、それが、いのちの源泉である女性の身体の場においてであることが、重要なのである。白石は洞窟をその母の場として、表徴化する。

フランスのフェミニスト哲学者、ジュリア・クリステヴァは、母と一体化していた時間の経験、自他が分離されていなかった状態の言葉（母の言葉）、意識、経験は、社会の一員として成長する過程での社会的言語の習得によって、アブジェクト、つまり、意識の深層へと遺棄されるが、それらは詩の言語を通して蘇ると主張している。時間は一過性でありながら、水無し川の底を流れる水のように、人の記憶、風景や自然の記憶の底を流れ続け、記憶の深い領域においては永遠なのである。それを蘇らせるのが詩人であり、白石の深い時間への旅は詩人の旅なのである。

白石の「母の場」を体現するのは女性の身体の洞窟であるが、その身体は快楽を知る多彩で多様な身体であり、性規範から脱却し、自由に生きる身体なのである。その身体は威厳と慈愛に満ち、自然と精神の未知の領域に挑む勇気と決意を持っている。はぐれものと一体化した心と精神で、過去の埋もれたいのちを蘇らせ、その無念を晴らし、慰める、はぐれもののミューズなのである。

白石の詩が、心を打つリリシズムに満ちているのは、その小さきもの、失われたものへの憐れみの目が、砂の一粒にまで透徹しているからだが、その憐れみと慰めの力が読むものに解放感を与えるのは、白石自身が、権力や体制から身を離した、はぐれものとして、女性ユリシーズとしての自由な女性の生き方をしてきたことへの信頼があるからだろう。戦後女性詩としての大きな金字塔を立てただけではなく、性差と表現に関して、明瞭な指標を示したのである。

白石かずこは一九六〇年代、詩が書けなかった時代も含めて、富岡多恵子と池田満寿夫との深い友情による親交が続いた時期を持ち、富岡多恵子の「はぐれもの思想」に互いに影響を与えあっていただろう。その意識は二人が共有するものであったことは確かである。

しかし、富岡多恵子のはぐれもの思想が、男性的自我欲求によって形成されてきた、家族、家庭主義言説への、知的で、辛辣な批判精神に満ちているだけではなく、破壊的ペシミズムに裏付けされているのに対し、白石のはぐれもの思想は、富岡と同じようにジェンダー思考を脱しながらも、はぐれものを抱擁する器となることを、自らの身体をそのために差し出すことを思惟する、身体としての女性意識であることを感じさせる。富岡の性に関する作品『芻狗』では、女性の語り手は意図的な性の狩人のように見えながらも、決して快楽を味わうのでも、性に本質的に興味があるのでもない。白石の「聖なる淫者」はそれとは違い、はぐれものの快楽を自らも共有し、そのために身体を与えているのだ。

白石が、旅の最後に見つける洞窟という母なる場のメタフォーは全てのいのちの根源であり、帰還場所、つまり死に場所であるから、女性の性は性を超えて、女性の身体は「生き死に」の根源的なトポスとして新しく認識されているのである。白石の詩の持つ深いリリシズムの根源は洞窟なのである。

「母性」という言葉にはあまりにも手垢のついた記号性が付きまとってきた。白石かずこは、女性身体を取り戻すことによって支配言説となってきた母性を解体して、女性の身体を母性の呪縛から保護したのである。白石の「母胎」は、従来の「母性」のように救済の象徴でもなく、また子を産む役割を果たすことによって安定した生活を得るための交換価値も持たない、「いのちの根源」であり、無償の身体と精神の場なのである。命あるものを慈しみ、自分ではなく他者を受け入れる心を内包する精神と欲求であると白石は考える。精神も、心も、身体も、政治と社会制度によって搾取され、利用されてきたからといって、それに屈するのではなくそのような蹂躙から生き残る力を、白石かずこは女性の身体に見出していたのである。

高齢になった白石かずこは、もう身体的な旅はしないかもしれない。しかし詩人の意識が生きる意識であり、詩人であることをやめない白石の想像力が旅路を駆け巡っていることは間違いないのだ。いつ会っても、長いこと会わなかった後でも、いつも他者を受け入れる包容力を見せる白石の人としての魅力は、そのまま彼女の詩の魅力でもある。

あとがきに代えて

水無し川のほとりで白石かずこさんと

ロサンジェルスから内陸へ東に向かって六〇マイルほどの距離に位置するリヴァーサイドという街は南カリフォルニアの中くらいの地方都市。カリフォルニア大学のキャンパスがある縁で、一九七〇年代の初め頃から住むことになった。そこにはコロラド山脈から砂漠を延々と曲がりくねって太平洋に流れこむコロラド河の支流が流れている。その川のほとりに開拓された土地なので、リヴァーサイドという名がついたのだろう。ニューヨークから住み移ってきて、全く異なった風景の中での暮らしにやっと慣れてからは砂漠に隣接するこの辺りの風景がすっかり自分の生活の風景となっていった。

そんな頃のある日突然白石さんから電話があった。ロスの近くの小さな空港からで、怪我をしてしまったから迎えにきてくれというのだ。

リヴァーサイドから一時間以上離れた空港で大きな荷物と待っていた白石さんは腕が腫れ上がっている。転んで腕を強く打ったらしい。白石さんはアイオワからの帰りだった。

リヴァーサイドの家までのドライブでおしゃべりをしたことが、白石さんとのアメリカでの出会いで、そんな調子だから、腫れ上がった腕と、形の定まらない大きな袋を引きずった日本からの訪問者は、そのころ中学一年生と小学生だった私の子供たちにとっても、客人というよりは明るい避難民のような感じだったのではないかと思う。すっかり仲良しになったかずこさんに友人気分で纏わりつき、遅れて日本から着いた菱沼眞彦さんとともに毎日一緒に泳いだり、バーベキューをしたりして遊んでもらっていた。

かずこさんに連れられて、というか、かずこさんを乗せた車を運転して、カリフォルニア在住一〇年の私も行ったことのないところへ行った。かずこさんの昔の友人を訪ねてである。限りなく広がっていく都市、ロスのはずれの小さな街にかずこさんが昔アメリカ軍基地界隈のクラブで踊っていた頃の若い女性の友人が住んでいた。会ってみると友人というよりはかずこさんを先生として尊敬し、慕う人で、かずこさんが世話をしてきた人なのだろうと感じた。かずこさんは家庭からも逃げ出し、学校へもいかないで、ふらついていた若い女の子にとっては心の拠り所となっていたのだと思う。

彼女は黒人の夫との間に生まれた赤ちゃんを抱いていた。大きな体の夫は水パイプを吸っていた。かなりのハイだったのかおしゃべりで、かずこさんに絶え間なく話しかけていた。昼間のことだから失業中だったのかもしれない。八〇年代に入ろうとしていたアメリカは、経済は悪く、麻薬と暴力がはびこる恐ろしく荒れた時代がそれから長く続く時期だった。真剣に話を聞いて、細々と注意をしたり、叱ったりもしているかずこさんの姿に私は衝撃を受けたのだった。そのようなかずこさんを想像したことはなかったし、それまでかずこさんはあくまでも詩人であるが、女性としても奔放で自由な生き方をする人だという印象を抱いていたからだ。

もう一人、海のある街に住む若い女性を訪ねた。彼女の夫は兵役拒否でアメリカからカナダへ亡命していた人で、その当時は金や銀を溶かして売る仕事をしていた。その傍ら彼は神話的な物語を書いていて、今から思えば、アニメの世界を先取りしていたのだと思う。彼女は、かずこさんがお母さんのようだったと言っていた。色々教えてもらったと。家庭を知らない若い女の子たちにとっては、かずこさんに出会うことによって、ダンスクラブが家庭でもあり、教室ともなった、ということを聞いて、ほとんど驚愕した。かずこさんの優しさは、例えば、亡命中のマジシ・クネーネの健康を心配して、サラダを作ったり、お灸を施す姿を目にしていた私は、かずこさんの他者への思いやりに感じいることが多かった。だが、その時の体験は、それらの感覚をはるかに超えるかずこさん認識だった。

『砂族』の背景となった砂漠へも出かけた。コロラド河は川幅の広い悠々とした河だったのだろうが、水が流れていない水無し川だ。水は表面下に潜り、河原は石ころが露出する乾いた河だ。オアシスに行けば水と緑の草が岩の間を覆う楽園のようなホッとした空間に出会うことになるが、水無し川は枯れた姿を堂々と晒して、不毛な姿を怖じることなく、海へと向かって続いていくことをやめない。枯れたまま生きる命の力を感じさせる川だ。その川が白石さんの想像力を触発し、転換期となったと自ら語る『砂族』の一連の作品が生まれたのだ。「My Tokyo」の滅びゆくものへの悲しみと優しさに満ちた語り、ギンズバークの『吠える』を連想させる、不毛な時代の中で生きる力を破壊されていく純粋な、「最良の魂」への愛情の気持ち、そして孤独を抱えながら広い世界へ一人放浪していく勇気ある魂、白石かずこの詩のペルソナは私の中であまりにも詩人白石かずこと重なり合っていたのだ。しかしリヴァーサイドで過ごした日々で私は白石かずこの詩を支える純真な明るさを知ることができた。それはおそらくバンクーバーで子供の頃に形成された素直な性格に由来していると思う。

愛に溢れた家庭環境と束縛されない自由な成長過程が優しさを備えた、僻みやひねくれ、自嘲のない、濁りのない詩表現空間を底で支えているのだと思う。バンクーバーと日本という緑の深い環境で育った感性が、不毛な荒地の砂漠の中にいのちの本質を見出すまでの道程が白石かずこの初期の詩の世界を形成している。白石かずこは戦後日本現代詩のカノンとなる作品を創造したが、直感的で、性的な生き物の感性で書いているような作品の底を、水無し川の目に見えない水のように流れ、それが白石かずこの人間観と詩の知的枠組みを形成していると思う。

*

右のエッセイを書いたのは二〇一八年のことで、書肆山田刊行の『白石かずこ詩集成』の栞に寄せたものである。白石かずこさんとは長い詩友であるが、アメリカという異国で、白石さんが詩人ではない多くの「異邦人」たちに接する姿に親しく触れたことは、激しく果敢な表現者としての白石かずこと、生活者としての白石かずこの生き方の間に溝のないことの衝撃的な認識を与えてくれた。生活者としての白石かずこは、同じように表現者の夫との離婚後の生活を経済的に担い、また娘を産み育てるシングル・マザーとしての重要な側面をも生ききり、それが詩人の感性の醸造に関っていると思うが、そこは詩人の個人領域であり、今回の評論集の執筆では触れていない。

この度、白石かずこの詩業に関する論考を一冊の本として纏めることになり大変にうれしい。白石かずこの詩作品やエッセイにも長く関ってきた書肆山田が出版を引き受けてくれたことに深く感謝するとともに、細やかな編集作業に心からお礼を申し上げたい。白石由子さんの作品をカバーに配していただけたことも望外の幸せである。白石さんの詩業は、もちろんこの本に収まりきれないものなので、これからも多くの若い国内外の読者と批評家によって、様々な白石論が書かれていくことを心から期待している。

本書の一章から三章までは「比較メディア・女性文化研究」に掲載した論考に修正、加筆した。また、本書での白石かずこ作品引用は『白石かずこ詩集成　I—III』（書肆山田、二〇一七—一八）によった。引用中の「（……）」は、引用者による省略があることを示している。

二〇二〇年一一月　　水田宗子

水田宗子（みずたのりこ）

評論・エッセイなどに

『詩の魅力／詩の領域』（二〇二〇・思潮社）
『大庭みな子　記憶の文学』（二〇一三・平凡社）
『モダニズムと〈戦後女性詩〉の展開』（二〇一二・思潮社）
『尾崎翠「第七官界彷徨」の世界』（二〇〇五・新典社）
『女性学との出会い』（二〇〇四・集英社）
『二十世紀の女性表現　ジェンダー文化の外部へ』（二〇〇三・學藝書林）
『ことばが紡ぐ羽衣　女たちの旅の物語』（一九九八・思潮社）
『炎える琥珀』（大庭みな子との往復論／一九九六・中央公論社）
『物語と反物語の風景　文学と女性の想像力』（一九九三・田畑書店）
『フェミニズムの彼方　女性表現の深層』（一九九一・講談社）
『ヒロインからヒーローへ　女性の自我と表現』（一九八二・田畑書店）
『エドガー・アラン・ポオの世界　罪と夢』（一九八二・南雲堂）

『鏡の中の錯乱　シルヴィア・プラス詩選』（一九八一・静地社）――ほか

詩画集に
『うさぎのいる庭』（画＝オカダミカ／二〇二〇・ポエムピース）
『東京のサバス』（画＝森洋子／二〇一五・思潮社）
『アムステルダムの結婚式』（画＝森洋子／二〇一三・思潮社）
『サンタバーバラの夏休み』（画＝森洋子／二〇一〇・思潮社）――ほか

詩集に
『音波』（二〇二〇・思潮社）
『影と花と』（二〇一六・思潮社）
『水田宗子詩集』（現代詩文庫／二〇一六・思潮社）
『青い藻の海』（二〇一三・思潮社）
『帰路』（二〇〇八・思潮社）
『幕間』（一九八〇・思潮社）
『春の終りに』（一九七六・思潮社）――ほか

白石かずこの世界――性・旅・いのち＊著者水田宗子＊発行二〇二一年二月二五日初版第一刷＊カバー写真白石由子＊発行者鈴木一民発行所書肆山田東京都豊島区南池袋二－八－五－三〇一電話〇三－三九八八－七四六七＊装幀亜令＊印刷精密印刷ターゲット石塚印刷製本日進堂製本＊ＩＳＢＮ九七八－四－八六七二五－〇〇七－五